ISABELLE SCHYNS

Emma D'Aléas

Complot sous la Régence

Conception de la couverture : Eloïse Jensen
Illustration de couverture : Antonin Faure

FLEURUS

Direction : Guillaume Pô
Direction éditoriale : Sarah Malherbe
Édition : Claire Renaud
Direction de la fabrication : Thierry Dubus
Fabrication : Julia Mirenda
Composition : Text'Oh!

www.fleuruseditions.com
ISBN : 978-2-2151-8299-3
MDS : FS82993

ISABELLE SCHYNS

Emma D'Aléas

Complot sous la Régence

FLEURUS

Pour ma mère, avec tout mon amour

Chapitre 1

L'Ombre de la nuit

Emma d'Aléas fixait le plafond. Il était presque minuit, mais elle n'avait pas sommeil. Elle n'avait jamais sommeil dans ce cachot lugubre. Elle avait pourtant son lit confortable et les meubles de sa propre chambre envoyés par le duc Philippe d'Orléans pour soulager sa détention.

« Comme si un matelas de plumes, un fauteuil, une table, des tableaux et un miroir pouvaient me faire oublier que je suis enfermée à la Bastille, songea amèrement Emma en se levant d'un bond. Que j'ai tout perdu, et surtout ma liberté, par la faute même de ce duc d'Orléans qui prétend agir dans mon intérêt. Comment oublier qu'à cause de lui, je suis réduite à la plus noire des misères ? »

Ses yeux s'étaient habitués à la pénombre qui régnait dans son cachot même en plein jour. Un rayon de lune filtrant à travers les barreaux d'une étroite lucarne lui suffisait pour voir dans la nuit aussi bien qu'un chat. Elle examina son reflet dans le miroir. Ses cheveux dorés, autrefois toujours bien coiffés, tombaient tristement, crasseux et plats. Sa robe, qu'elle portait le jour de son arrestation des mois plus tôt, était sale et déchirée en plusieurs endroits. Le bleu de ses yeux avait perdu de son éclat. À quinze ans, Emma n'était plus que l'ombre d'elle-même. Elle lança un regard sombre aux meubles et se mit à leur parler comme à des personnes.

— Je n'aurais jamais dû vous accepter, fulmina-t-elle. J'ai refusé durant des mois l'aide du duc d'Orléans, et puis dormir sur une paillasse infestée de puces m'a paru soudain si insupportable que j'ai eu la faiblesse de dire oui. Non seulement votre présence ne soulage nullement ma peine mais elle me rappelle sans cesse ce que j'ai perdu. Et toi, le secrétaire que je n'ai jamais vu, ajouta-t-elle à l'adresse d'un joli petit meuble d'écriture, d'Orléans t'a-t-il joint aux autres pour que je lui écrive ? Il peut toujours attendre.

Elle avisa au-dessus de la cheminée le portrait d'un vieil homme au visage maussade, vêtu d'un bel uniforme et portant une longue perruque grise et bouclée.

— Mon père, a-t-on idée de mourir subitement quand on est veuf et que l'on n'a qu'une fille pour seule héritière ? demanda-t-elle au portrait.

Le vieil homme continua de fixer le vide de son regard mauvais dans une totale indifférence. Aucun feu ne brûlait dans l'âtre mais un autre feu consumait le cœur d'Emma : le feu de la colère. Sur le manteau de la cheminée, Emma avait tracé un calendrier de fortune avec de la suie. Au début de sa détention, elle s'évertuait à faire une croix chaque jour, mais les mois passant, elle avait fini par abandonner et avait perdu la notion du temps. La dernière croix avait été tracée le 1er février 1716. Emma se demanda quand elle avait coché la date pour la dernière fois. Il y avait une semaine, un mois, une année ? Elle ne savait plus.

Partagée entre le désespoir et la fureur, elle donna un coup de pied un peu trop fort dans le secrétaire et se fit mal. Poussant un cri de douleur, elle se laissa tomber sur son lit, le pied dans les mains. Soudain, le bruit d'un petit engrenage se fit entendre, puis le couvercle du secrétaire se souleva et un tiroir secret s'ouvrit avec un claquement sec.

Oubliant sa douleur, Emma bondit. Les tiroirs secrets cachaient toujours des trésors ou des messages, tout le monde savait cela.

« Quel secret sur ce cher duc d'Orléans vais-je apprendre ? » sourit malicieusement Emma en fouillant le tiroir.

Elle étouffa un cri de triomphe en sentant une lettre et une petite fiole en cristal sous ses doigts. Cette découverte lui fit un peu oublier ses malheurs car elle n'avait guère l'occasion de se distraire, à la Bastille. Elle posa la fiole sur le plateau du secrétaire, se précipita sous le rayon de lune, déplia la lettre et lut :

« Le message est l'espoir
La fiole est la liberté
Si vous avez ouvert le tiroir
Vous en connaissez maintenant le secret

À minuit, l'Ombre viendra
La fiole magique aura raison des barreaux
La frêle silhouette passera
Apparaîtra la corde et s'envolera l'oiseau

Suivez l'Ombre, sans question poser
Elle vous conduira en lieu sûr
Et si l'entreprise est couronnée de succès
Jamais vous ne reverrez ces murs

M »

Emma n'en croyait pas ses yeux. Elle relut le message trois fois et regarda la petite fiole en se posant des questions. Qui avait écrit ce message ? Et surtout, à qui était-il destiné ?

« M, répéta mentalement Emma en fronçant les sourcils. Qui est ce M ? Je suppose que si ce message s'adressait au duc d'Orléans, il aurait pris soin de ne pas le laisser dans le tiroir avant de me donner ce secrétaire. Mais alors, ce message a-t-il été placé là à mon attention ? Est-ce la raison pour laquelle d'Orléans m'a donné ce meuble ? Si c'est le cas, pourquoi voudrait-il m'aider à m'échapper après m'avoir enfermée ? Tout cela n'a aucun sens. »

La mention de « l'Ombre » lui donna plus à réfléchir encore.

« Un surnom qui fait plus frémir qu'autre chose, songea-t-elle dubitative. Mais si ce message n'est pas pour moi, je n'ai à suivre aucune Ombre. Oui, c'est cela, la lettre et la fiole doivent être cachées dans ce secrétaire depuis des années et personne n'en connaissait l'existence. Personne à part moi, désormais ! »

Sans plus hésiter, elle s'empara de la fiole. Celle-ci contenait une potion visqueuse d'une couleur verdâtre.

« La fiole magique aura raison des barreaux », relut-elle.

Dans le lointain, minuit sonna au clocher de Notre-Dame. Sans plus hésiter, Emma poussa sa table contre le mur, juste en dessous de la lucarne, hissa avec difficulté son fauteuil dessus puis grimpa sur son échafaudage improvisé. Elle devait encore se tenir sur la pointe des pieds pour atteindre les barreaux. Dans un équilibre précaire, elle déboucha la fiole. L'odeur infecte qui s'en dégagea la fit grimacer de dégoût.

« Pitié, faites que les années n'aient pas altéré l'efficacité de cet élixir », pria-t-elle en versant un peu de potion sur un barreau.

Sitôt que celle-ci toucha le fer, elle se mit à grésiller dans une petite fumée blanche. Surprise, Emma faillit tomber à la renverse. Elle s'accrocha à un autre barreau et attendit. Quand la potion eut fait son œuvre, le barreau avait fondu.

— Fantastique, s'extasia tout bas Emma. Si la corde n'apparaît pas, je pourrai toujours en fabriquer une avec mes draps. Allons, plus de temps à perdre !

La potion eut vite raison des deux autres barreaux.

— Victoire ! s'écria Emma un peu trop fort.

Son cœur bondit dans sa poitrine en entendant un bruit de bottes. Dans le couloir, un garde faisait sa ronde. Emma retint son souffle, n'osant plus faire un geste.

« Pourvu qu'il ne regarde pas à travers le guichet de la porte », pensa-t-elle avec angoisse.

Les pas s'éloignèrent et Emma poussa un soupir de soulagement.

Elle attendit une minute pour s'assurer que le garde ne repassait pas.

« Aucune corde, se dit-elle une fois rassurée. Je m'en doutais, ce message ne m'était pas destiné, mais qu'importe. »

Elle descendit de son échafaudage et courut à son lit pour fabriquer sa corde en draps.

Soudain, au moment où elle écartait sa couverture, une flèche traversa le cachot et alla se ficher dans la porte. Emma plongea sous son lit en retenant un cri de frayeur. Le calme revenu, comme aucune autre flèche ne fendait l'air, elle prit une profonde inspiration et tenta un coup d'œil. Sur la flèche était fixée l'extrémité d'une corde.

« L'Ombre ! C'est l'Ombre qui m'envoie cette corde, comprit Emma. Mais alors, tout cela fait vraiment parti d'un plan pour m'évader ! »

Elle regarda la corde qui pendait par la fenêtre et lui demanda avec méfiance :

— L'Ombre qui t'envoie me libère-t-elle pour me sauver ou pour me perdre ? Tuée pendant une tentative d'évasion, voilà pour le duc d'Orléans la meilleure façon de se débarrasser définitivement de moi sans provoquer de scandale.

Emma savait que la seule manière de connaître les réponses à ses questions était de descendre le long de cette corde.

— Courage, murmura-t-elle. Tout vaut mieux que cette sordide prison.

Elle accrocha la corde à un anneau de fer rouillé rivé dans le mur qui servait à enchaîner les prisonniers les plus dangereux.

— Cette fois, tu vas servir à une évasion, lui dit Emma avec un ricanement de satisfaction.

Elle remonta sur la table puis sur le fauteuil.

— Au plaisir de ne jamais te revoir, lança-t-elle à son cachot avant de se glisser par la lucarne juste assez large pour lui permettre de s'y faufiler.

Un nuage passa devant la lune pendant qu'elle descendait le long du rempart, et la nuit noire la cacha. Un vent froid engourdissait ses mains. Emma avait du mal à tenir la corde rêche. Elle essaya de s'agripper avec ses jambes, mais ses jupons la gênaient et le vent faisait balancer son corps suspendu. Deux fois, elle faillit lâcher prise. Et puis soudain, elle sentit les pavés de Paris sous ses pieds.

— Sauvée, soupira-t-elle en fermant les yeux, prête à fondre en larmes de joie.

— Pas tout à fait, dit une voix dans son dos.

Emma eut l'impression qu'une chape de plomb lui tombait sur la tête et elle se retourna avec peine. Elle regrettait amèrement de n'avoir pas pris la fiole : elle aurait pu lancer le reste de la potion au visage du garde qui l'avait surprise puis s'enfuir en courant. Néanmoins, la surprise fut pour elle car ce n'était pas un garde. C'était un homme juché sur un cheval sombre. Il portait une grande cape noire brodée d'argent, un arc dans son dos, un tricorne sur la tête, et dissimulait son visage sous un masque de cuir foncé.

— Qui êtes-vous ? lui demanda Emma.

— L'Ombre, répondit simplement l'homme avec un geste de salut.

Il tendit sa main.

— Venez, mademoiselle, plus vite nous nous éloignerons d'ici, plus vite vous serez hors de danger.

— Je répète, qui êtes-vous ? insista Emma en restant sur place. Votre vrai nom, monsieur ! Commencerait-il par un M ? Et pourquoi êtes-vous venu me délivrer ?

— Il vous a pourtant été recommandé de me suivre sans poser de questions, rappela l'Ombre. Allons, décidez-vous, la patrouille passe dans cinq minutes.

Emma n'avait plus le choix. Elle attrapa la main de l'homme et grimpa derrière lui sur le cheval qui partit aussitôt au galop.

— Comment saviez-vous que j'allais m'échapper cette nuit ? voulut savoir Emma tandis que les sabots du cheval claquaient sur le pavé des rues obscures et vides.

— Je ne le savais pas, répondit l'Ombre. Nous avons mis le message dans le secrétaire sans savoir quand vous le trouveriez. Je devais attendre chaque nuit, à minuit, sous votre fenêtre. Par chance, vous l'avez trouvé deux nuits après avoir reçu le secrétaire, m'évitant ainsi de me morfondre pendant des semaines, ajouta-t-il en riant. Vous êtes très perspicace, mademoiselle.

Emma estima préférable de ne pas s'éterniser sur la manière dont elle avait trouvé le message et reprit :

— Nous ? Qui se cache derrière ce « nous » ? Le duc d'Orléans ?

L'Ombre oublia de répondre et Emma comprit que c'était une question qu'elle ne devait pas poser.

— Comment avez-vous su que j'avais trouvé le message ? demanda-t-elle alors.

— La fumée blanche, quand vous avez fait fondre les barreaux, expliqua l'Ombre. J'ai ensuite attendu que vous vous éloigniez de votre fenêtre avant de décocher ma flèche. Je ne voulais pas risquer de vous embrocher, vous comprenez.

— Sage précaution, le félicita Emma, reconnaissante. Mais je ne sais toujours pas qui vous êtes ni où vous me conduisez.

— Vous ne saurez pas qui je suis mais vous n'aurez pas à attendre longtemps pour connaître le but de notre voyage, répliqua l'Ombre.

Ils sortirent de Paris et s'enfoncèrent dans une immense forêt. Emma sentait son cœur battre à tout rompre. Elle ne savait pas de qui se méfier le plus : devait-elle craindre l'Ombre sur le cheval ou ce qui se cachait dans les bois ?

Au bout d'une heure, ils débouchèrent dans une clairière et Emma aperçut les contours d'un petit château se dessiner sous la lune.

— Est-ce là le but de notre voyage ? demanda-t-elle.

Pour toute réponse, l'Ombre accéléra. Arrivé devant le château, il s'arrêta. Emma sauta à terre.

— Où sommes-nous ? Que signifie tout cela ? demanda-t-elle.

Toujours aussi énigmatique, l'Ombre se contenta de la saluer avec son tricorne avant de faire demi-tour.

— Attendez ! s'écria Emma. Au moins pouvez-vous me dire quel jour nous sommes ?

L'Ombre se raidit sur son cheval.

— Vous l'ignorez ? souffla-t-il sans se retourner, et Emma fut certaine qu'il se sentait désolé pour elle. Nous n'aurions pas dû vous laisser si longtemps enfermée.

— Pardon ? fit Emma car l'Ombre avait murmuré ces dernières paroles.

— Nous sommes le 10 juin 1716, lança l'Ombre qui sembla se reprendre.

Puis, sans ajouter un mot, il talonna son cheval et disparut dans la nuit.

Emma resta figée un instant. Le 10 juin 1716. Neuf mois ! Sa détention avait duré neuf mois ! Elle regarda autour d'elle avec hésitation. L'idée lui vint de s'enfuir très loin en courant. Mais quelle direction prendre ? Elle ne savait même pas où elle était, sinon au cœur d'une forêt remplie de bêtes sauvages prêtes à la dévorer.

« Pour sûr, ces gens savent que je n'ai nulle part où aller, se lamenta-t-elle en prenant conscience de son impuissance. Voilà pourquoi cette mystérieuse Ombre m'a laissée seule sans hésitation. Mais si lui et ses complices m'ont délivrée, c'est qu'ils me veulent du bien… Enfin, je l'espère. »

Dévorée de curiosité, elle gravit les marches du perron et pénétra dans le château.

Quelques torches éclairaient une grande entrée décorée de tableaux et de bouquets de fleurs sur de magnifiques consoles en bois sculpté. Deux couloirs desservaient les côtés et un large escalier de marbre montait dans les étages. Emma s'apprêtait à appeler quand la flamme d'une bougie apparut au bout d'un couloir. Cette flamme qui semblait se promener toute seule dans les airs lui fit peur. Résistant à l'envie de prendre ses jambes à son cou, Emma regarda une silhouette se dessiner à mesure que la lumière se rapprochait.

— Monsieur, je vous dois ma liberté, je ne sais comment vous exprimer ma gratitude… commença-t-elle d'une voix fébrile.

Un petit gloussement lui répondit, et Emma s'aperçut de son erreur. Ce n'était pas le seigneur du château, ce n'était même pas un homme. C'était une femme d'une soixantaine d'années, aux cheveux gris et à l'air aimable. Dans sa robe noire et simple, son tablier en dentelle et son petit bonnet assorti, Emma reconnut une servante.

— Soyez la bienvenue, mademoiselle, dit-elle en faisant une simple révérence. Je suis la gouvernante de cette demeure.

Depuis neuf mois, personne ne lui avait manifesté autant de respect. Les gardiens de la Bastille se contentaient d'ouvrir le guichet de sa porte pour lui glisser sa gamelle de soupe quotidienne sans prononcer un mot. Emma sentit une bouffée de réconfort emplir tout son être. Elle avait presque oublié qu'elle faisait partie de la noblesse du royaume.

— Vous avez bien du mérite d'avoir deviné une jeune fille de qualité sous ces haillons crasseux, dit-elle.

Elle ne savait toujours pas à qui elle avait affaire et préférait garder son identité secrète. Cependant, la gouvernante répondit sans hésiter.

— C'est que Monseigneur nous avait annoncé votre arrivée, mademoiselle d'Aléas. Il nous a également prévenus que vous auriez sans doute besoin d'un bon bain chaud et de vêtements dignes de votre condition.

— Votre seigneur est bien informé, admit Emma.

— Monseigneur sait tout ; rien ne lui échappe, répondit la gouvernante avec conviction.

À ces mots, Emma eut l'impression d'avoir avalé un glaçon. Ce « rien ne lui échappe » concernait-il aussi les êtres vivants ?

— Si mademoiselle daigne m'accompagner, je vais la conduire à sa chambre, enchaîna la gouvernante.

Emma la suivit dans le grand escalier de marbre.

— Comment vous appelle-t-on ? s'enquit-elle.

— Cécile, pour vous servir, mademoiselle.

— Dites-moi, Cécile, votre seigneur si savant est-il le propriétaire de ce château ?

— Oui, mais il en est absent pour le moment. Monseigneur possède de nombreuses demeures, précisa Cécile avec une certaine fierté.

— Oh ! Vous devez être une perle pour qu'un si grand et si puissant seigneur vous accorde ainsi sa confiance, s'exclama Emma d'un ton admiratif. Pourrais-je avoir l'honneur de connaître son nom ?

Elle pensait avoir bien manœuvré, mais malheureusement, le coup de la flatterie n'eut aucun effet sur Cécile.

— On m'a juste chargée de vous mener à votre chambre, mademoiselle, répondit-elle avec un sourire d'excuse.

Découragée, Emma renonça à toute autre tentative. De toute évidence, Cécile resterait aussi énigmatique que l'Ombre.

Emma se demandait quel seigneur pouvait s'offrir de si fidèles serviteurs. Elle songea que pour leur inspirer une telle loyauté, il devait soit les payer à prix d'or, soit leur faire très peur.

Plongée dans ses réflexions, elle ne fit pas attention aux boiseries sur les murs, aux épais tapis sur le sol, aux meubles luxueux qui décoraient les pièces en enfilade à travers lesquelles Cécile la conduisait. Enfin, la gouvernante poussa une dernière porte et Emma pénétra dans une somptueuse chambre éclairée par d'innombrables chandeliers. Cécile sourit devant son air stupéfait. Un grand lit à baldaquin occupait le centre de la pièce. Ses rideaux gris-bleu étaient brodés d'or. Des fauteuils confortables invitaient à la détente devant une cheminée où ronflait un bon feu. Une bibliothèque bien fournie, une table de jeux, un secrétaire et des chaises complétaient l'ameublement. Mais ce qu'Emma préféra, ce furent les trois larges fenêtres montant jusqu'au plafond. Rien à voir avec la minable lucarne munie de barreaux de sa cellule. Elle avait envie de les ouvrir en grand afin de laisser entrer toute la lumière du soleil. Mais il faisait encore nuit ; le soleil ne se lèverait pas avant plusieurs heures.

Trois jeunes servantes sortirent soudain d'une pièce adjacente. Portant des seaux vides, elles firent une révérence avant de filer comme des petites souris.

— Le bain de mademoiselle est prêt, annonça Cécile.

L'autre pièce, aussi grande que la chambre, contenait une baignoire, un grand miroir, une coiffeuse et des armoires débordant de robes, de paires de chaussures et d'accessoires de mode.

— Mademoiselle pourra choisir sa tenue demain mais je me suis permis de préparer une chemise de nuit, dit Cécile tandis qu'Emma ne se faisait pas prier pour abandonner sa vieille robe déchirée.

— Jetez-moi ça au feu ! dit-elle en lançant aussi ses jupons, ses bas et ses chaussures à Cécile. Je ne veux plus rien qui me rappelle ma captivité.

— Oh ! mademoiselle, les chaussures sont encore bonnes, fit remarquer Cécile.

— Offrez-les à qui vous voudrez avec mon compliment, répondit Emma en se glissant avec délice dans l'eau chaude et parfumée. Moi, je ne veux plus jamais les voir.

— Désirez-vous que je vous frotte le dos ? demanda Cécile.

— Je suis assez grande pour me laver toute seule, assura Emma en saisissant savon et éponge.

— Avez-vous d'autres demandes, si elles ne contreviennent pas à mes ordres ?

— Non, ma bonne Cécile. Vous avez assez veillé par ma faute. Allez vite vous coucher, et bonne nuit.

Emma voulait profiter seule de cet instant. Elle se sentait revivre en redécouvrant la couleur de sa peau à mesure que la crasse disparaissait. Démêler ses cheveux débarrassés du gras qui lui donnait l'impression d'avoir une motte de beurre sur la tête lui procura un bien-être infini.

Une fois propre, elle attrapa un drap et alla se sécher en se frictionnant devant sa cheminée, puis elle courut revêtir la chemise de nuit que lui avait préparée Cécile. Elle souffla ses bougies, ferma les rideaux du baldaquin et se glissa sous les couvertures du grand lit si douillet et si chaud.

Allongée dans le noir et le silence, elle repensa à tout ce qui s'était passé en l'espace de quelques heures. Qui aurait prévu qu'elle commencerait cette nuit dans un sombre cachot de la Bastille et la finirait dans un château de conte de fées ?

Un sourire éclaira son visage, vite effacé par une angoisse étreignant son cœur. Qui était à l'origine de ce prodige ? L'avait-on conduite ici et traitée comme une princesse pour son bien ou pour endormir sa confiance avant de la faire disparaître ?

Emma sentit un frisson de crainte parcourir son échine. Elle se tourna et se retourna, tourmentée par des questions insolubles. Épuisée, elle finit par s'endormir sans s'en rendre compte.

Chapitre 2

Le seigneur de Sceaux

Quand Emma se réveilla, le soleil était déjà haut dans le ciel. Comme elle se l'était promis, elle ouvrit ses fenêtres en grand pour laisser entrer la lumière. Sa chambre donnait sur un jardin à la française entouré d'une épaisse forêt s'étendant à perte de vue. Dans la rosée scintillant au soleil, ce magnifique décor recelait une part de magie, mais Emma eut la désagréable sensation de se retrouver derrière des murailles plus épaisses que celles de la Bastille.

« Avec de tels remparts, nul besoin de barreaux aux fenêtres ou de verrous », songea-t-elle avec amertume.

— Oh ! mademoiselle va attraper froid et je me ferai gronder, s'exclama Cécile en arrivant chargée d'un plateau garni d'un solide petit-déjeuner.

Il est vrai que la fraîcheur du dehors profitait de l'occasion pour envahir sournoisement la chambre.

— Mademoiselle a bien dormi ? demanda Cécile en refermant les fenêtres.

— Assez bien, répondit Emma. Mais il me tarde de remercier mon bienfaiteur. Savez-vous s'il viendra bientôt ?

— Monseigneur vous attend dans le salon de Diane, lui apprit Cécile.

— Oh, mais il fallait le dire tout de suite ! s'écria Emma en sursautant.

Moitié paniquée, moitié excitée, elle se rua dans la salle de bains pour s'habiller. La baignoire avait été vidée et tout le nécessaire pour s'apprêter l'attendait sur la coiffeuse.

— Votre petit-déjeuner ? lui demanda Cécile.

— Je ne pourrai rien avaler, assura Emma. Mon Dieu, que dois-je mettre ? ajouta-t-elle, affolée devant toutes les robes qui s'offraient à elle. Et mes cheveux ? Voilà neuf mois qu'ils n'ont pas été coiffés. Ce qu'ils ont poussé !

Une demi-heure plus tard, Emma descendait le grand escalier d'un pas hésitant. Elle avait opté pour une robe de soie verte rehaussée de broderies fleuries. Cécile l'avait aidée à rassembler ses cheveux retenus par des barrettes d'argent. Emma aurait aimé passer une heure à se contempler dans son miroir, mais son bienfaiteur l'attendait. Son bienfaiteur… Avait-elle raison de l'appeler ainsi ? se questionnait-elle en pénétrant dans un grand salon décoré de tentures aux décors mythologiques. Au fond de la pièce, une statue de Diane chasseresse trônait fièrement.

Un homme admirait les jardins devant une fenêtre. Il portait une cape de voyage et de grandes bottes noires. À l'entrée d'Emma, il se retourna. Il pouvait avoir dans les cinquante ans. Son visage, encadré d'une perruque grise, était long et ridé. Son nez s'allongeait démesurément au-dessus de sa bouche fine et sévère.

— Ah, mademoiselle d'Aléas ! s'exclama-t-il d'un ton qu'il s'efforçait de rendre jovial. Je constate avec soulagement que neuf mois de prison n'ont eu aucune prise sur vous.

Il tenait une canne qu'Emma n'avait pas distinguée sous la cape. Ses yeux se posèrent malgré elle sur les jambes de son interlocuteur. Le malheureux avait un pied déformé, maintenu dans une botte spéciale. Emma ne put s'empêcher d'éprouver une certaine pitié et s'empressa de plonger dans une profonde révérence pour éviter de regarder le pied malade.

— C'est grâce à vous, monsieur, répondit-elle. Vous m'auriez prise pour un épouvantail, hier.

— Je ne parle pas des vêtements ; c'est votre santé qui m'inquiétait. Mais on revient de tout à votre âge. Allons, trêve de politesse de cour, relevez-vous, mademoiselle, et venez vous asseoir. Avez-vous déjeuné ? Désirez-vous une collation ou autre chose ?

— Vous m'avez tirée du cachot dans lequel l'injustice m'avait jetée sans aucune explication. La liberté, la propreté, une chambre de rêve, un traitement de princesse ; que pourrait désirer de plus une jeune orpheline sans protecteur ? Vous m'avez comblée. Malgré tout, je désire quelque chose de plus, en effet.

— Demandez, demandez, l'invita l'homme avec amabilité.

— Votre nom, monsieur. À qui dois-je tant de bienfaits ? Et pourquoi ?

— Je vois qu'un château et de belles robes ne font pas tourner votre tête, qui reste bien ancrée sur vos épaules, dit l'homme en prenant un air sérieux. Vous ne me croirez peut-être pas, mais c'est vous qui me comblez, car je n'aurais que faire d'une petite écervelée sans consistance. Vous cherchez des réponses. Mes gens ne m'ont pas trahi, alors ?

— Bien qu'ils aient eu pour moi les meilleurs égards, je n'ai rien pu tirer de cette énigmatique Ombre ou de Cécile, avoua Emma. Vous savez vous entourer de personnes sûres, monsieur.

— Oui, je me vante de posséder ce précieux don, se félicita l'homme. Mais je vous ai assez fait attendre, permettez-moi de me présenter. Je suis le duc du Maine.

Emma eut un léger sourire mais demeura stoïque car ce nom ne lui disait rien. Une autre question la taraudait. Elle choisit précautionneusement ses mots pour la poser :

— Vous avez précisé n'avoir que faire d'une écervelée. Vous me reconnaissez donc une certaine intelligence, merci beaucoup, mais qu'attendez-vous de moi au juste ?

— J'y viendrai, assura du Maine. Pour l'heure, nous devons commencer par le commencement, sinon vous commettrez la faute de vous tromper sur mon compte.

Il se tut et fixa la jeune fille d'un air interrogateur.

— Eh bien, commencez, s'impatienta Emma.

— Voilà que vous vous trompez déjà, mademoiselle. C'est à vous de commencer. Que savez-vous de votre arrestation ?

Emma ne s'attendait pas à une telle question. Elle fixa un nuage cotonneux dans le ciel à travers la fenêtre en s'efforçant de rassembler ses souvenirs.

— Je vivais dans notre demeure familiale au cœur de la Touraine. Lorsque je dis « familiale », il faut entendre « de famille », car j'habitais là sans proche parent, entourée de ma vieille nourrice et de quelques serviteurs. Ma mère a succombé à la maladie deux ans après ma naissance. Quant à mon père, le baron d'Aléas, il ne se souciait guère de moi, ne passant qu'une fois l'an au château s'enquérir de ma santé et laisser de quoi subvenir à mon entretien. Il arrivait à la nuit tombée pour repartir le lendemain matin ; autant dire que je ne l'ai quasiment jamais rencontré.

— Je sais tout cela, la coupa du Maine agacé. Au fait ! mademoiselle, au fait !

— Le 1er septembre 1715… Oh, je n'oublierai jamais cette date ! Il était près de minuit et nous nous apprêtions à aller nous coucher lorsqu'une troupe de cavaliers portant les armoiries royales arriva. Leur capitaine, un personnage froid et mal élevé, entra chez nous d'un pas conquérant. Il tenait deux lettres cachetées, et après avoir demandé à parler à Mlle d'Aléas, il me remit la première. C'était l'annonce de la mort de mon père, survenue une semaine plus tôt. Il a succombé, terrassé par une crise cardiaque. Il ne m'avait jamais manifesté d'affection, ne désirait jamais se trouver en ma présence, mais c'était malgré tout la dernière famille qui me restait. Sans me donner le temps de le pleurer, le capitaine me donna l'autre lettre. Il était dit que cet homme était le messager du malheur, car celle-ci contenait l'ordre de mon arrestation. Une seule lecture m'a suffi pour en graver à jamais les mots dans ma mémoire :

« Moi, Philippe II, duc d'Orléans.

Afin de la soustraire aux convoitises et aux folies de son
jeune âge, ordonne par la présente la mise sous surveillance
étroite de Mlle Emma d'Aléas, fille et héritière de feu
le baron d'Aléas.
Pour son propre bien, Mlle d'Aléas sera prise
en charge par l'État et logée dans un lieu tenu secret.
Le capitaine Reitre répondra de sa personne
jusqu'au lieu secret.

Aucune communication ne sera autorisée entre Mlle d'Aléas et l'extérieur, et elle restera assignée à son nouveau logis aussi longtemps que l'exigera mon bon vouloir. »

— Puis tout se passa très vite, poursuivit Emma. Avant que j'aie pu prendre un bagage et embrasser ma chère nourrice, les soldats me mirent dans un carrosse et me conduisirent à ma nouvelle demeure. Abasourdie, je les suivis néanmoins sans résistance. Je n'avais pas encore compris la teneur de cet ordre et mettais l'attitude de mes gardes sur le compte de la brutalité militaire. Le duc d'Orléans annonçait que l'État allait tout prendre en charge, je croyais changer simplement de château en gardant la même vie douce et provinciale. Quelle naïve je faisais ! Bercée par la route, je m'endormis bientôt. À mon réveil, il faisait jour. Je m'aperçus qu'on m'avait conduite dans une forteresse remplie de soldats et de gardes à la mine peu avenante.

« Vous vous méprenez, dis-je alors au capitaine Reitre. Jamais le duc d'Orléans n'aurait choisi une demeure aussi laide et sinistre pour une jeune fille noble comme moi. »

Il me répondit dans un grand éclat de rire :

« C'est pourtant bien à la Bastille que sont logés les invités de l'État ! »

À ce mot de Bastille, je crus défaillir. Non, il y avait forcément erreur sur la personne. Je tentai de m'expliquer, de dire à ces hommes qu'ils se trompaient, que je n'avais commis aucun crime. Le capitaine remit alors la lettre au gouverneur de la Bastille qui, après l'avoir lue, me dit :

« Bien sûr, bien sûr, vous êtes innocente, comme tous les prisonniers ici. À présent, mademoiselle de la haute noblesse, veuillez nous suivre ; votre nouveau domaine vous attend. »

J'eus beau crier, me débattre, menacer de me plaindre en haut lieu, d'en appeler à la justice de notre roi Louis XIV en personne, je fus empoignée et traînée de force jusqu'au lugubre cachot où je me morfondrais encore sans votre secourable intervention.

— Le roi Louis XIV, répéta du Maine, songeur. Vous n'êtes vraiment au courant de rien…

Emma se redressa avec orgueil.

— J'ai peut-être été élevée en province, loin de la cour, mais j'ai quand même reçu de l'instruction. Et les nouvelles du monde parviennent au fin fond du royaume, ne vous en déplaise. Je sais comme tout un chacun que le roi de France s'appelle Louis XIV, le Grand, le Roi-Soleil !

Du Maine secoua la tête.

— Cette date du 1er septembre 1715, sachez que toute la France s'en souviendra comme vous, mais pour une autre raison : c'est le jour où le Soleil ne s'est pas levé.

Les épaules d'Emma s'abaissèrent et ses yeux s'écarquillèrent.

— Louis XIV est mort ? fit-elle d'une voix blanche. Depuis neuf mois ?

— Il allait sur ses soixante-dix-sept ans, dit du Maine. C'est un grand âge, même pour un grand roi. Très malade, il s'est éteint paisiblement dans son sommeil.

— Ah, monsieur ! ce n'est pas seulement d'un cachot que vous m'avez sortie, c'est de l'ignorance, s'exclama Emma.

— Ne vous a-t-il pas semblé étrange que l'ordre de vous embastiller émane du duc d'Orléans quand seul le roi peut donner un tel ordre ? Je vous rassure, non, le duc d'Orléans n'est pas le nouveau roi, Dieu merci, précisa du Maine devant l'air interrogateur d'Emma. Laissez-moi vous expliquer. Durant son long règne, Louis XIV a eu le malheur de perdre ses fils, puis ses petits-fils, et à sa mort, il ne lui restait qu'un arrière-petit-fils. C'est lui qui lui a naturellement succédé. Mais notre nouveau roi, Louis XV, n'a que cinq ans, donc un régent a été désigné pour gouverner en son nom jusqu'à sa majorité.

— Philippe d'Orléans, comprit enfin Emma.

— Et pourtant, Louis XIV en avait désigné un autre dans son testament, soupira du Maine, dépité. Il tenait Philippe d'Orléans pour un être crédule et peu fiable, incapable de gouverner. Mais le père de Philippe d'Orléans n'était autre que Monsieur, frère du roi. Il a donc fait valoir qu'en tant que neveu de Louis XIV et grand-cousin de Louis XV, la régence lui revenait de droit. Désirant lui être agréables ou par peur, les membres du parlement lui ont donné raison. Ah ! le Roi-Soleil est bien mort, allez ! De son vivant, nul n'aurait osé lui désobéir.

Un silence s'installa, laissant à Emma le temps de digérer toutes ces informations.

— Si je partage votre déception, je ne vois pas le rapport entre ces histoires de régence et moi, reprit-elle enfin.

— Vous ne voyez pas ? s'écria du Maine en levant les bras au ciel. Me serais-je mépris sur votre intelligence ? Voyons, mademoiselle, la mort de votre père, celle de Louis XIV, Philippe d'Orléans régent et dont le premier ordre est de vous emprisonner ; tous ces événements ne vous semblent-ils pas liés ?

Emma fit un effort méritoire de concentration mais dut s'avouer vaincue. Elle eut un sourire d'excuse.

— Je suis désolée, murmura-t-elle les joues rosies.

Appuyé sur sa canne, le duc du Maine se mit à faire les cent pas pour calmer ses nerfs.

— Vous l'avez précisé vous-même, le baron d'Aléas était votre unique famille. Sa mort vous laisse seule au monde, mais surtout, elle fait de vous l'une des plus riches jeunes filles du royaume, et celui qui aura le bonheur de vous épouser fera l'affaire du siècle.

Emma se leva d'un bond, une main sur le cœur.

— Vous insinuez que le Régent espère que je l'épouserai pour sortir de prison ? Cet homme n'est pas seulement dangereux, il est fou !

— Le Régent a quarante ans, il est marié et père de cinq filles et un garçon, lui apprit du Maine. Il n'espère pas faire de vous son épouse mais sa belle-fille.

— Et pourquoi épouserai-je son fils que je n'ai jamais vu ? s'exclama Emma en éclatant de rire.

— Pour sortir de prison, justement, répondit du Maine avec le plus grand sérieux. En vous enfermant à la Bastille, le Régent s'assurait que vous ne tomberiez pas amoureuse d'un autre ; ces folies de la jeunesse dont sa lettre fait mention. Et le temps faisant son œuvre, dans un an ou deux, vous auriez accepté n'importe quoi pour quitter votre trou à rats.

Emma ne riait plus du tout. Elle sentit ses jambes se dérober sous elle et dut se rasseoir.

— C'était bien combiné, murmura-t-elle dans un souffle.

— Oh ! mais ce cher Philippe ne recule devant aucune combinaison, dit du Maine avec une grimace de dégoût.

— Mon château ? Mes richesses ? demanda Emma.

— Confisqués, répondit du Maine. Les gardes du Régent occupent votre château et tout ce qui vous appartient est sous tutelle royale.

— L'une des plus riches jeunes filles du royaume est donc présentement plus pauvre que la plus misérable des mendiantes, conclut Emma.

— Pire, car la plus misérable des mendiantes peut se déplacer où elle veut tandis que vous êtes désormais une prisonnière évadée et recherchée.

— Elle a aussi des amis dans sa misère, soupira amèrement Emma.

Le duc du Maine rapprocha un fauteuil et s'assit bien en face d'elle.

— Il vous reste un ami, mademoiselle.

— Vous ? s'étonna Emma. Il est vrai que vous m'avez sauvée des griffes du Régent, mais pourquoi ? Pourquoi prendre de tels risques pour quelqu'un que vous ne connaissez pas ?

— Parce que je connaissais votre père, répondit du Maine avec gravité. Vous aviez peu de contacts avec lui, mais moi qui le connaissais depuis toujours, je peux vous assurer que le baron d'Aléas était un véritable gentilhomme, d'une loyauté sans faille. Nous avons combattu ensemble au temps de nos engagements militaires et il m'a sauvé la vie sur le champ de bataille. Cher d'Aléas, je n'ai jamais eu l'occasion de lui payer ma dette. Et puis, il y a neuf mois, sur son lit de mort, il m'a révélé qu'il avait une fille.

« J'ai veillé à ce qu'elle ne manque de rien mais je ne me suis jamais occupé d'elle, m'a-t-il avoué. Je le regrette aujourd'hui, hélas il est trop tard. Si vous avez un peu d'amitié pour moi, mon cher du Maine, vous prendrez soin d'elle. Elle va se retrouver toute seule à la tête d'une immense fortune, elle va attirer toutes les convoitises et aura besoin d'un protecteur. »

Alors j'ai juré de prendre soin de vous, par amitié d'abord, pour m'acquitter de ma dette ensuite. Malheureusement, Philippe d'Orléans avait aussi des projets vous concernant et m'a pris de vitesse. Ah, mademoiselle ! pardonnez-moi de vous avoir laissé croupir en prison pendant neuf mois, mais il m'a fallu ce temps pour préparer votre évasion. Vous n'imaginez pas les astuces que j'ai dû déployer et les gens que j'ai dû acheter pour vous faire parvenir vos meubles au nom du Régent sans que celui-ci s'en doute. J'y ai joint ce secrétaire truqué, car je sais que tout est systématiquement fouillé avant d'être donné aux prisonniers. Notre seule chance de réussite était que vous découvriez le dispositif secret, et vous l'avez découvert, bravo !

Emma sentit son cœur battre plus fort dans sa poitrine.

— Mon père m'aimait quand même un peu, s'émut-elle, les larmes aux yeux. Je vous remercie de m'avoir rapporté ses dernières paroles, monsieur. Et merci de m'avoir sortie de mon cachot.

— Ce n'est qu'un début ! s'écria du Maine en donnant un coup de canne sur le sol. J'ai promis de prendre soin de vous et je tiendrai cette promesse. Vous avez retrouvé votre liberté, il faut à présent que vous retrouviez vos biens.

Emma eut un rire sans joie.

— Vous voulez peut-être que j'aille voir le Régent pour lui demander de me les rendre ?

— Précisément, répondit du Maine, et Emma se figea, bouche bée. Entendons-nous bien, il ne s'agit pas de vous renvoyer à la Bastille après vous en avoir sortie. Vous vous rendrez à la cour sous un nom d'emprunt pour devenir demoiselle d'honneur de Mlle Charlotte d'Orléans.

— Mlle d'Orléans ? s'exclama Emma abasourdie. La fille du Régent ? Mais dans quel but ?

— Vous serez dans la meilleure position pour dérober, que dis-je ? pour récupérer les titres de propriété sur vos terres et vos richesses. Il vous faut ces titres pour les présenter au ministre de la Justice. Eux seuls prouveront votre identité. Avec ces titres et mon témoignage, Philippe sera obligé de reconnaître vos droits et vous rétablira dans vos biens. Il tient trop à son rôle de gentil protecteur de notre petit roi pour risquer un scandale.

Emma se mit à trembler à l'idée de se retrouver si près de son redoutable ennemi.

— Ne pourriez-vous y aller vous-même ou envoyer cette Ombre de vos amis ?

— Je suis trop connu à la cour, et Philippe sait que je ne suis pas dupe de ses simagrées. Je doute qu'il me reçoive dans le cercle de ses intimes. Quant à l'Ombre, il y a peu de chances qu'un homme soit nommé demoiselle d'honneur, vous ne croyez pas ? Vous, vous avez la condition et l'âge requis et personne ne connaît votre visage. Gagner la confiance de Charlotte d'Orléans vous permettra d'entrer dans les appartements privés de sa famille sans éveiller les soupçons. Il vous sera alors loisible de chercher vos titres.

— Qui se trouvent ? demanda Emma.

— Philippe conserve ses documents les plus importants dans un coffret en argent orné de l'emblème des d'Orléans. Trois fleurs de lys surmontées d'une couronne. À vous d'en découvrir la cachette. Ne tentez pas d'ouvrir ce coffret, surtout, car un mécanisme déclenche la destruction des documents si on le force. Apportez-le-moi et je me chargerai du reste.

— Ce sera dangereux, bredouilla Emma.

— Très dangereux, approuva du Maine. Mais vous devez choisir entre courir ce danger ou vivre en animal traqué toute votre vie.

Le regard d'Emma se perdit dans le vague. Du Maine avait raison, retrouver son entière liberté et ses biens valait de prendre quelques risques. Et puis du Maine n'avait-il pas accepté, lui, de braver tous les dangers pour la faire évader ? Elle n'avait pas le droit de le décevoir. C'était à elle d'agir à présent, de prendre son destin en main. Elle se leva lentement, les jambes flageolantes mais l'air déterminé.

— J'accepte, dit-elle en espérant que du Maine n'entende pas le tremblement de sa voix.

— Parfait ! s'écria celui-ci en se frottant les mains. Je comptais sur votre courage et j'ai déjà demandé pour vous une place de demoiselle d'honneur. Du côté paternel, ma famille est l'une des plus vieilles de France, et l'on me doit quelques égards. Vous voici Emma du Maine, ma lointaine cousine, parente pauvre et orpheline que je désire aider… Ce qui, tout bien réfléchi, est quasiment la vérité.

Chapitre 3

L'orage

Durant le reste de la matinée, le duc du Maine abreuva Emma de conseils sur la manière de se tenir à la cour. Qui devait parler en premier selon qu'on s'adressait à un petit baron ou à une grande princesse, comment marcher, s'asseoir, manger. À la cour, tout était réglé, codifié, surveillé. Du Maine lui indiqua aussi les personnes dont elle devrait se méfier.

— C'est facile, à la cour tout le monde se méfie de tout le monde, aussi ne vous liez d'amitié avec personne, conclut-il à la fin du déjeuner. Oh ! et n'hésitez pas à dire tout le mal que vous pensez de moi.

— Du mal de vous ? répéta Emma médusée. Mais vous êtes mon bienfaiteur, ne devrais-je pas, au contraire, chanter vos louanges ?

— Je vous l'ai dit, je reste fidèle aux dernières volontés de Louis XIV, et le Régent s'est entouré de ses propres courtisans. Si vous leur faites savoir que vous ne partagez pas mes idées et qu'à vos yeux Philippe d'Orléans est le meilleur régent possible, ils vous accueilleront à bras ouverts.

— Si je comprends bien, cette cour est pleine de traîtres et d'hypocrites, marmonna Emma.

— Et vous allez vous retrouver seule au milieu de ce nid de vipères, ajouta gravement du Maine. Vous êtes si honnête et si franche, ma chère Emma, pourrez-vous jouer votre rôle et tromper ces experts en tromperies, voilà ce qui m'inquiète.

Emma posa sa fourchette.

— N'ayez crainte, lorsque je me sentirai fléchir, il me suffira de penser à la Bastille, à la confiscation de mes biens et à ce mariage indigne que me préparait le Régent, pour retrouver toute ma combativité.

Du Maine fronça les sourcils.

— Vous doutez de moi ? demanda Emma un peu déçue.

— C'est de cette famille d'Orléans que je doute, répondit du Maine en tapant sur la table. Ils sont tous si rusés, si fourbes.

Il vérifia qu'aucune servante ne traînait dans les parages, alla prendre quelque chose dans le tiroir d'une console et revint s'asseoir.

— Ceci pourra peut-être vous être de quelque utilité, chuchota-t-il en posant sur la table une petite fiole identique à celle qu'il avait dissimulée dans le secrétaire.

— Ce n'est pas la même potion, observa Emma. L'autre était verte, celle-ci est jaune.

— Elle vous permettra d'endormir la méfiance des d'Orléans, ricana du Maine d'un petit air sournois. Oh ! il n'y a aucun danger, c'est juste un léger somnifère. Il vous suffira de verser le contenu de cette fiole dans un plat ou dans une boisson et nos amis feront un long somme.

Emma hésita un instant avant de prendre la fiole.

— Merci, monsieur. Je m'en servirai en cas d'extrême nécessité mais j'espère que je n'en aurai pas besoin.

L'après-midi, des serviteurs fixèrent les grosses malles d'Emma à l'arrière d'un carrosse ; le duc du Maine lui avait permis d'emporter toutes les tenues qu'elle voulait.

— Vous participerez à des promenades, des cérémonies, des soirées, des fêtes ; vous aurez besoin de toilettes pour toutes les occasions, assura-t-il comme si tout cela était naturel, tandis qu'Emma se confondait en remerciements. Il est temps d'y aller à présent, on vous attend.

Au moment de monter dans le carrosse, Emma sentit toutes ses forces la quitter soudain. Seule ! Elle serait seule pour affronter cette cour écrasante et hostile. Sa gorge se serra et elle eut envie de pleurer. Elle se retint cependant, ne voulant pas que du Maine la croit incapable de mener à bien sa mission. Surmontant sa défaillance, elle se retourna malgré tout et se jeta dans ses bras.

— Courage, ce n'est qu'un au revoir… balbutia du Maine, désarçonné par tant de reconnaissance.

Emma embrassa aussi Cécile, puis elle monta dans le carrosse et donna elle-même l'ordre au cocher de se mettre en route.

Malgré l'heure matinale, un soleil radieux réchauffait l'air, annonçant l'arrivée imminente de l'été. En plein jour, la forêt n'avait plus l'air aussi terrifiante. Fenêtres baissées, Emma écoutait les oiseaux chanter, admirait les fleurs sauvages le long du chemin, se sentait minuscule devant les grands chênes vénérables, respirait le parfum de sous-bois avec un plaisir nouveau. À un moment, elle aperçut une biche et son adorable faon traverser un sentier avant de vite disparaître derrière des buissons, effrayés par le vacarme du carrosse. Le cocher, en effet, semblait très pressé d'arriver. Tout à coup, il lança ses quatre chevaux au grand galop en faisant tournoyer son fouet avec énergie. Secouée comme un prunier, Emma faillit dégringoler de son siège, ruinant au passage les efforts de Cécile pour faire tenir son chapeau. S'accrochant à ce qu'elle pouvait, Emma parvint à sortir la tête par la fenêtre.

— Ne pourriez-vous ralentir, mon ami ? cria-t-elle à travers le vent qui s'engouffrait dans sa bouche.

— Faites excuse, mademoiselle, mais il vaut mieux sortir des bois avant qu'éclate cet orage qui se prépare, répondit le cocher par-dessus son épaule.

— L'orage ? répéta Emma en levant les yeux.

Elle vit alors de gros nuages noirs et menaçants s'accumuler au-dessus des feuillages. Les oiseaux s'étaient tus. Soudain, un éclair zébra le ciel, accompagné d'un grondement de tonnerre qui fit sursauter les chevaux. Rapidement, l'obscurité entoura le carrosse comme si la nuit avait décidé de tomber plusieurs heures en avance.

— Oh, oh ! nous n'y échapperons pas, jugea Emma alors que les premières gouttes rebondissaient sur son nez.

Un nouvel éclair sembla ouvrir le ciel en deux puis la pluie déferla. Bien au sec, Emma se félicitait d'avoir fermé les fenêtres. Elle plaignait ce pauvre cocher qui n'avait pas sa chance quand un grêlon de la taille d'une noisette fit exploser la vitre sur sa gauche. Poussant un cri, Emma cacha son visage dans ses bras. Le grêlon fut suivi d'un autre, de dix autres, de cent autres, de plus en plus fort, de plus en plus gros. Les fenêtres eurent tôt fait de voler en éclats, et même le toit du carrosse n'allait pas tenir bien longtemps. L'équipage toujours lancé à vive allure, Emma se demandait pourquoi le cocher ne s'était pas arrêté. Continuer dans cette tempête lui semblait une folie. Prenant soin d'éviter les morceaux de verre qui jonchaient la banquette, luttant contre la grêle qui la martelait de toutes parts, elle atteignit la portière. Au moment où elle passait la tête dehors, elle vit des torrents de boue, transformant le paisible chemin en un véritable marais noirâtre, des branches d'arbre cassées, et ces grêlons, ces énormes grêlons qui frappaient sans pitié les chevaux.

— Arrêtez ! Arrêtez ! hurla Emma en direction du cocher.

La voix de ce dernier lui parvint comme un appel au secours dans un océan déchaîné.

— Impossi… les chev… s'sont… emballés !

Emma retourna sur sa banquette. Il lui sembla que la grêle redoublait tandis que le carrosse ballottait de droite à gauche, hors de contrôle.

— C'est la fin… souffla-t-elle, figée d'épouvante.

Et puis non, ce serait trop bête ! Décevoir ainsi le duc du Maine la rendait malade, et offrir au Régent la satisfaction de pouvoir s'emparer de ses biens fit monter en elle la colère nécessaire pour réagir.

Elle saisit un morceau de verre et s'en servit pour découper sa jupe et ses jupons, trop encombrants dans ces conditions. Le cocher sera probablement choqué de la voir en dessous, mais il n'était plus temps de penser à la bienséance.

— À la guerre comme à la guerre ! s'écria Emma en s'extirpant du carrosse.

Le cocher, cependant, n'eut pas le loisir d'assister au spectacle d'une demoiselle en caleçon. Des branchages arrachés d'un marronnier l'envoyèrent dans les airs au moment où Emma parvenait sur son siège. Horrifiée, elle le vit disparaître en poussant un cri déchirant qui se perdit dans la tempête. Les rênes traînaient à présent sous les sabots des chevaux.

« Mourir écrasée en sautant ou mourir dans l'accident ? » se répétait Emma alors que les quatre chevaux bondissaient comme des fous furieux.

Elle en était ainsi à se demander quelle mort serait la moins douloureuse quand le carrosse percuta une grosse pierre. Une roue se brisa sous le choc.

— Le sort en a décidé pour moi, dit Emma tandis que le carrosse se disloquait dans un effroyable craquement.

Alors que tout se dérobait sous elle, s'accrochant à ce qu'elle pouvait, elle crut voir la silhouette d'un cavalier se dessiner à travers le rideau de grêle. Mais c'était impossible, personne ne pouvait braver ainsi la tempête. Pourtant, Emma crut entendre une voix lointaine lui crier :

— Votre main, vite !

Victime de son imagination ou non, Emma ne put s'empêcher de tendre la main vers cet espoir. Puis l'étrange apparition s'effaça et le monde s'effondra autour d'elle.

Des troncs dansaient au-dessus d'elle. Sans doute des arbres déracinés par la tempête, devina Emma. Elle était allongée sur une surface moelleuse, probablement un lit de mousse. Puis les arbres se stabilisèrent et Emma vit qu'ils étaient savamment imbriqués les uns dans les autres dans un ordre parfait. Une charpente ! Retrouvant ses esprits, Emma comprit qu'elle était sur un lit. Elle regarda autour d'elle. Elle se trouvait dans une chaumière à en juger par le toit, les murs de pierres apparentes, les meubles en bois brut, la marmite qui fumait dans la cheminée et la porte ouverte sur les bois. Dehors le soleil brillait, une alouette chantait, la tempête avait cessé.

Emma essaya de se lever mais un mal de crâne comme elle n'en avait jamais ressenti la força à se rallonger. Elle porta la main à sa tête. Un gros bandage l'enveloppait.

— À la bonne heure, vous êtes réveillée, mademoiselle du Maine ! s'exclama une voix joyeuse.

Un jeune homme brun et élancé entra, un large sourire illuminant son visage. Ses cheveux étaient retenus sur la nuque par un ruban noir, il portait un habit brodé de fils d'or, des bottes et une épée. Rien à voir avec l'idée qu'Emma se faisait de la tenue d'un habitant des bois. Il avait plutôt l'air d'appartenir à la noblesse. Il ne devait pas avoir plus de dix-sept ans.

— Où suis-je ? s'entendit prononcer Emma d'une voix pâteuse.

— Dans mon humble pavillon de chasse, lui répondit le jeune homme. C'était le plus proche, je ne voulais prendre aucun risque à cause de votre blessure.

Emma toucha son bandage.

— J'ai cru rêver en vous voyant dans la tempête, se souvint-elle.

— Rien de plus normal, je fais souvent l'effet d'un rêve, plaisanta le jeune homme en prenant une pause avantageuse comme un modèle devant un peintre.

Mais Emma n'avait pas envie de rire.

— Le cocher ! s'écria-t-elle en se redressant. Qu'est devenu ce pauvre cocher ?

— Restez calme, vous êtes encore faible, conseilla le jeune homme. Des buissons ont amorti sa chute. Il s'en est sorti avec une grosse frayeur et quelques bosses. Il va très bien. Les chevaux aussi se sont remis de leurs émotions.

— Le ciel soit loué ! dit Emma avec soulagement. Depuis quand suis-je ici ? reprit-elle pendant que le jeune homme s'affairait devant la marmite.

— Trois jours, répondit-il.

— Trois jours ! s'écria Emma. Mais c'est épouvantable, je suis attendue à la cour. On va s'inquiéter, se demander où je suis passée…

— N'ayez crainte, tout est arrangé, la rassura le jeune homme en lui apportant un bol de soupe au fumet appétissant. Il vous faut d'abord reprendre des forces.

— Expliquez-moi ce qui s'est passé, voulez-vous ? demanda Emma en prenant soudain conscience qu'elle avait très faim. Vous connaissez mon nom mais j'ignore le vôtre.

Assise confortablement, elle attaqua sa soupe qui se révéla délicieuse. Le jeune homme alla chercher du pain et une cruche d'eau qu'il posa sur la table de chevet puis s'assit sur un tabouret.

— Je me nomme Lo… Le duc de Chartres.

— Vous n'avez pas l'air très sûr de votre nom, fit remarquer Emma, amusée.

— Mais si, j'en suis sûr, assura le jeune duc. J'étais en train de chasser quand l'orage a éclaté. Ce n'était vraiment pas de chance, je n'avais même pas pris un lapin. Ces orages de printemps peuvent être terribles et vous prennent toujours par surprise. Je m'efforçais de rejoindre cette chaumière quand les échos d'un carrosse et de cris de désespoir parvinrent à mon oreille. Heureusement, mon brave Hercule est le plus fort des chevaux. Ensemble, nous avons réussi à vous rattraper.

— Juste à temps, dit Emma. Une seconde de plus et…

— Il s'en est fallu de peu, effectivement. Malgré tout, je n'ai pu empêcher l'une de vos malles de vous cogner la tête, d'où votre blessure. Me pardonnerez-vous jamais ?

Il avait l'air si penaud que cette fois, Emma éclata de rire.

— Vous pardonner de m'avoir sauvé la vie ? Enfin, monsieur, mon éternelle gratitude vous est acquise.

— Sans les bons soins de la vieille Coraline, une guérisseuse des environs, je n'aurais pas pu grand-chose, avoua le duc de Chartres en toute franchise. Elle a soigné votre plaie et vous a administré quelques remèdes de sa composition dont j'ignore les pouvoirs. Elle est un peu sorcière, à ce qu'on raconte. C'est elle qui m'a recommandé de vous garder ici, loin des médecins de la cour. D'après elle, ils ne savent qu'achever les malades avec leurs saignées qui les vident de leur sang.

Il prit une voix haut perchée pour imiter la guérisseuse :

« Cette malheureuse enfant a perdu assez de sang comme ça ! Qu'elle reste immobile, pas de transport. Mettez de ce baume sur sa plaie chaque matin, changez son bandage tous les jours et donnez-lui trois cuillères de cette panacée midi et soir. D'ici à deux ou trois jours, elle sera sur pied ! »

— Brave femme, dit Emma. Je veillerai à la récompenser.

— Votre cocher m'a appris votre nom et où vous vous rendiez. Je l'ai envoyé prévenir que vous auriez quelques jours de retard. J'ai fait aussi le nécessaire pour récupérer vos bagages, qui vous attendent à la cour. J'ai jugé utile cependant de garder une robe ; vous... vous étiez en caleçon quand je vous ai trouvée, précisa Chartres en détournant le regard d'un air gêné.

Emma releva précipitamment sa couverture jusque sous son menton.

— Euh... vous êtes prévoyant, merci beaucoup, balbutia-t-elle, les joues en feu.

— Après s'être séché et reposé, le cocher est parti avec les chevaux, mais nous n'avons rien pu faire pour le carrosse, regretta Chartres.

— Peu importe un carrosse quand des vies sont en jeu, déclara Emma.

Chartres eut une expression songeuse.

— Vous avez raison, reprit-il en se levant. Quand des vies sont en jeu, tout doit être entrepris pour les sauver. Dès que vous serez complètement remise, je vous conduirai à la cour.

— En faites-vous partie ? voulut savoir Emma.

Chartres tressaillit.

— Je… Je m'y rends de temps à autre, bredouilla-t-il. Et à présent, trêve de bavardage ! Terminez votre soupe si vous voulez guérir vite, je vais… je vais vous chercher de l'eau au ruisseau.

Emma le vit saisir un seau et sortir précipitamment. Elle n'avait pas encore touché à la cruche et se demanda pourquoi son timide compagnon semblait si pressé de s'éloigner tout à coup.

Durant l'après-midi, son mal de tête disparut et Emma put se lever. Elle retira son bandage. Un peu de sang séché collait ses cheveux autour de sa plaie, mais le baume de Coraline avait fait merveille ; dans quelques jours sa blessure ne serait plus qu'un lointain souvenir. Emma avala le reste de son médicament et se sentit de mieux en mieux au fil des heures.

Quelques bols de soupe supplémentaires, un faisan rôti et une bonne nuit de sommeil achevèrent de la remettre d'aplomb. Quand Chartres, qui dormait sur un tapis, se réveilla le lendemain matin, il la découvrit faisant chauffer la soupe.

— Cette robe violette vous va à ravir, se réjouit-il, soulagé de voir Emma dans une tenue convenable. Vous vous êtes réveillée aux aurores, ma parole !

— Un bain dans le ruisseau glacé m'a revigorée, répondit Emma. Je crains hélas que mes cheveux ébouriffés jurent avec cette robe et me donnent l'air d'une sauvageonne. J'ai bien essayé de les tresser, mais le résultat laisse à désirer.

— Je ne pourrai pas vous sauver, cette fois ! La coiffure féminine est un combat au-dessus de mes forces et je m'en suis toujours tenu prudemment éloigné, répondit Chartres d'un ton amusé mais sans réplique.

Tous deux furent pris d'un fou rire incontrôlable.

— Puis-je néanmoins espérer que vous vous déciderez à vous préparer afin de nous mettre en route avant midi ? demanda Emma quand elle eut recouvré son sérieux.

Galant, Chartres ne la fit pas attendre jusqu'à midi. À dix heures, Emma monta derrière lui sur Hercule, un magnifique cheval gris assez fort pour les porter tous les deux jusqu'au bout du monde.

En chemin, Emma se surprit à souhaiter qu'Hercule les emporte ailleurs, dans un pays enchanté, très loin des épreuves qu'elle s'apprêtait à affronter. La forêt était redevenue amicale et il lui sembla avoir déjà connu cette sensation exaltante de chevaucher ainsi, accrochée à la taille d'un jeune et solide cavalier… Et soudain, elle se souvint. C'était comme avec l'Ombre, sauf qu'il faisait jour. Un instant troublée, Emma se raisonna. Il était impossible que l'Ombre et le duc de Chartres ne fassent qu'un. L'Ombre lui avait été envoyée par le duc du Maine tandis que Chartres s'était trouvé par hasard dans la forêt. Et pourtant… Chartres avait hésité avant de lui dire son nom et il avait détourné la conversation dès qu'elle avait parlé de la cour. Que cachait-il ? Craignait-il quelque question embarrassante ? Du Maine avait très bien pu demander à l'Ombre de garder un œil discret sur elle, et il avait eu trois jours pour inventer cette histoire de chasse justifiant sa présence sur le lieu de l'accident. Hélas, même si le duc de Chartres était l'Ombre, Emma savait par expérience qu'il serait vain de l'interroger.

Taraudée par mille questions, elle se promit de percer ce mystère.

Chapitre 4

Une arrivée remarquée

Emma fut stupéfaite en sortant de la forêt.

— Mais c'est Paris ! s'écria-t-elle en constatant que Chartres se dirigeait vers la capitale. Je croyais…

— Vous croyiez que je vous conduirais à Versailles, n'est-ce pas ? devina Chartres. Je suis navré de vous décevoir mais la cour s'est installée au Palais-Royal après la mort de Louis XIV. Versailles était si triste sans son Roi-Soleil ! L'ambiance était devenue sinistre. Plus personne n'osait rire, jouer de la musique ou se promener dans les jardins. L'automne arrivait avec son froid, ses journées courtes, ses feuilles mortes, ses fleurs fanées ; jusqu'aux fontaines qui semblaient pleurer le maître des lieux disparu. On eut dit que Versailles voulait mourir avec son créateur. Alors mon… monseigneur le Régent a préféré s'installer au Palais-Royal qui, du reste, lui appartient. Les occasions de se distraire sont plus nombreuses à Paris et la cour avait grand besoin de se changer les idées.

— Et notre nouveau petit roi, où vit-il à présent ? demanda Emma.

— Si votre cocher m'a bien renseigné, vous êtes engagée en qualité de demoiselle d'honneur de Mlle Charlotte d'Orléans, répliqua Chartres, et Emma crut déceler un certain agacement dans sa voix, vous n'aurez donc pas à vous occuper de Louis XV. Il a des nourrices en pagaille, rassurez-vous.

— J'espère juste le voir, précisa Emma. Il n'a que cinq ans, je crois, et n'a plus ni père ni mère. J'éprouve une certaine pitié pour ce pauvre petit orphelin qui ne doit pas encore comprendre qu'il est désormais le plus puissant roi du monde. Et puis, se rendre à la cour sans rencontrer le roi, avouez que ce serait dommage.

La réponse de Chartres refroidit quelque peu son enthousiasme.

— On ne rencontre pas le roi comme cela, et une demoiselle d'honneur est trop insignifiante pour qu'il lui soit permis de l'approcher. Je vous conseille donc de rester à votre place si vous voulez éviter les ennuis, mademoiselle.

Cette fois, Emma n'eut plus aucun doute, le duc de Chartres ne plaisantait pas.

Paris le jour était beaucoup plus vivant et chaleureux que la nuit. Les rues grouillaient : carrosses de nobles, ouvriers, promeneurs, marchands, ménagères faisant leurs courses, enfants courant entre les charrettes des paysans venus vendre leur marchandise. Un ballet de mille bateaux transportant une multitude de denrées glissait sur la Seine. Emma se sentait plus sereine que la nuit dans les ruelles sombres et vides, mais quand elle vit les remparts de la Bastille se dresser soudain devant elle, elle baissa précipitamment la tête, de peur que là-haut, derrière les créneaux, les gardiens la reconnaissent.

Plus loin, Emma aperçut les tours de Notre-Dame. Chartres contourna le vieux palais du Louvre puis leur fit traverser une immense place au fond de laquelle s'élevait un majestueux palais du plus pur style classique.

— Bienvenue au Palais-Royal, dit Chartres en s'arrêtant devant de hautes grilles gardées par des mousquetaires à l'air sévère.

Ils firent le salut réglementaire au jeune duc et lui ouvrirent les grilles avec empressement. Emma en fut à la fois surprise et impressionnée.

— C'est ici que nos chemins se séparent, dit Chartres en aidant Emma à descendre de cheval.

— Vous n'entrez pas ? se désola-t-elle.

Il lui semblait que Chartres l'abandonnait à son triste sort, et l'image de l'Ombre la quittant de la même façon devant le château de Sceaux lui revint en mémoire.

— Un mousquetaire vous conduira auprès de ma s... Mlle Charlotte d'Orléans, dit Chartres. Messieurs, voici Mlle du Maine, je vous la confie, prenez-en grand soin.

— À vos ordres, mon capitaine ! répondit un des mousquetaires, un poing sur le cœur.

Abasourdie, Emma aurait bien voulu savoir quel exploit Chartres avait pu réaliser pour être nommé capitaine à son âge. Des exploits aussi périlleux que ceux de l'Ombre ? Emma eut un nouveau soupçon. Si Chartres et l'Ombre ne faisaient qu'un, il devenait logique que le jeune duc, fringuant capitaine dans l'armée royale, choisisse l'anonymat pour aider une prisonnière à s'évader de la Bastille. Le refus d'entrer au Palais-Royal s'expliquait également. Si le duc du Maine préférait se tenir loin de la cour du Régent, ses fidèles amis suivaient sans doute son exemple.

Tout excitée par ses extraordinaires déductions, Emma eut un sourire de triomphe. Elle n'aurait jamais pensé résoudre le mystère en si peu de temps. Son regard croisa celui de Chartres et les sourcils froncés du jeune homme lui indiquèrent clairement qu'il venait de lire dans ses pensées.

— Ne vous réjouissez pas trop vite et faites bien attention où vous mettez les pieds, dit-il d'un ton ferme.

— Merci de vos bons conseils, monsieur, mais je sais déjà qu'à la cour tout le monde porte... un masque, répliqua Emma avec un petit clin d'œil malicieux.

Chartres eut soudain l'air furieux. Sans ajouter un mot, il tourna bride et disparut dans la foule des Parisiens.

Un mousquetaire escorta Emma à travers d'innombrables galeries, escaliers et salons en enfilade aux décors riches et chatoyants. Emma n'avait jamais vu autant de lustres, de sculptures, de meubles en bois précieux. Les murs étaient surchargés de moulures, de dorures, de tableaux ; même les plafonds étaient peints de représentations d'angelots dans les nuages ou de scènes mythologiques. Et il y avait autant de monde que dans les rues, mais ici ce n'étaient que robes en soie et bijoux rutilants pour les dames, habits brodés, bas blancs et longues perruques pour les messieurs. Des tapis moelleux assourdissaient les pas, ce qui n'empêchait pas les courtisans de se retourner sur le passage de cette drôle de jeune fille à l'air impressionné et aux cheveux ébouriffés.

— Une provinciale tout droit sortie de sa campagne, persifla une marquise à l'oreille d'une baronne dans un murmure parfaitement audible par tout le monde.

Quelques rires s'élevèrent et Emma se sentit ridicule et plus abandonnée que jamais.

Au bout d'une longue galerie, deux autres mousquetaires se tenaient devant une grande porte à double battant.

« Les appartements des d'Orléans », se dit aussitôt Emma.

Son mousquetaire chuchota quelques mots à ses collègues, qui lancèrent un regard amusé à Emma avant de lui livrer passage. L'un d'eux alla prévenir une servante puis, alors que la porte se refermait dans son dos, Emma l'entendit s'esclaffer :

— Dommage d'être coincé ici, j'aimerais bien voir la tête des d'Orléans quand ils découvriront ce tâcheron !

Emma entendit les rires étouffés des trois soldats tandis que la servante la menait à la gouvernante, qui la mena à la deuxième dame d'honneur, qui la mena à la première dame d'honneur, qui la regarda des pieds à la tête avec des yeux ronds.

— Son Altesse la duchesse d'Orléans tient à connaître la nouvelle demoiselle d'honneur de sa fille, soupira-t-elle d'un air catastrophé. Vous ne passerez jamais l'examen avec cette allure, ma pauvre petite.

On tenta d'arranger ses cheveux, mais une sonnette retentit soudain, et la première dame d'honneur s'écria :

— Son Altesse s'impatiente. Tant pis, il faut y aller, mademoiselle.

Emma fut introduite dans un joli boudoir aux fauteuils décorés de tissus fleuris. Assise près de la fenêtre, l'épouse du Régent la regarda s'avancer avec curiosité. Coiffée d'une superbe perruque blonde, elle avait un visage ovale qui aurait pu être agréable sans cet air maussade et ces rides sévères. Son nez était très allongé et Emma fut persuadée d'avoir vu un nez semblable quelque part, mais chez qui ? Résolue, néanmoins, à ne jamais parler de son nez à la duchesse, Emma s'appliqua à lui faire sa plus belle révérence. Comme le lui avait enseigné le duc du Maine, elle attendit que Mme d'Orléans parle la première. Celle-ci la fit attendre une longue minute avant de prononcer :

— Enfin…

Emma s'expliqua.

— Veuillez pardonner mon retard et ma tenue, Votre Altesse, mais j'ai eu un accident et…

— Oui, oui, nous savons cela, la coupa la duchesse d'Orléans d'un ton excédé. Quatre jours de retard et l'air d'une naufragée dépenaillée, si vous vouliez marquer votre entrée à la cour par un coup d'éclat, c'est réussi.

— Je vous assure ne pas avoir souhaité être prise dans une tempête qui a failli m'arracher la tête, répliqua Emma, attristée que personne ne manifeste le moindre intérêt pour sa santé.

— Quelle impertinence ! s'écria la duchesse d'Orléans, et Emma fut certaine que personne n'avait jamais osé lui parler de cette façon. Faudra-t-il vous donner une année d'éducation dans un couvent avant de vous présenter à ma fille ? Je doute que vous soyez digne de la côtoyer.

Emma aurait aimé répondre que tenir compagnie à la fille du Régent n'avait rien de très réjouissant pour elle non plus, mais elle n'avait pas envie d'attendre un an loin de la cour. Plus vite elle mettrait la main sur ses titres de propriété, plus vite elle rentrerait chez elle. Ravalant sa colère, elle baissa les yeux.

— Voilà qui est mieux, dit la duchesse, satisfaite. Voyons maintenant, qu'apprend-on dans vos contrées lointaines ? Savez-vous broder ? Tenir une conversation ? Lire ? Chanter ?

Danser ? De quel instrument jouez-vous ? À quels jeux excellez-vous ?

S'efforçant de n'oublier aucune question en route, Emma tâcha d'y répondre dans l'ordre.

— Je tire assez mal l'aiguille, je l'avoue, mais je ne manque pas de répartie et j'adore lire, surtout des récits d'aventures. Je crains que mon chant ressemble plus au cri de la biquette qu'à la mélodie du rossignol. Je ne suis jamais la dernière pour me lancer dans une ronde, je joue un peu de clavecin, et tous les jeux se pratiquant en plein air me plaisent.

— Incapable de tenir en place, un penchant pour l'insolence, artiste médiocre et tempérament romanesque, récapitula la duchesse. C'est toujours la même chose avec ces filles élevées à la campagne ! Et pour couronner le tout, vous êtes une du Maine, ce qui n'arrange pas votre cas. Mais dites-moi, à quelle branche appartenez-vous ? Je connais bien la famille du Maine, mais vous m'êtes totalement inconnue.

Emma se sentit rougir. Elle répondit en espérant que sa voix hésitante ne la trahirait pas :

— Je suis une lointaine cousine du côté de la duchesse du Maine. À la mort de mes parents désargentés, le duc eut la charité de me prendre sous son aile. Il m'a pour ainsi dire adoptée, voilà pourquoi je porte son nom.

— Un nom bien encombrant, je vous préviens, rétorqua la duchesse qui sembla néanmoins convaincue par cette histoire. Sans ce nom qui vous donne malgré tout certains privilèges, une petite sauvageonne comme vous n'aurait jamais mis un pied à la cour, sachez-le.

La voix de du Maine résonna dans la tête d'Emma : « N'hésitez pas à dire tout le mal que vous pensez de moi. »

— Je suis consciente de l'honneur qui m'est fait, madame, et si j'ose me présenter devant vous aujourd'hui, c'est pour redorer le blason de la famille du Maine après l'inqualifiable conduite de mon cousin envers Son Altesse le Régent, dit-elle en y mettant le plus de conviction possible.

Elle ignorait ce qui s'était passé entre le Régent et du Maine, mais son petit discours fit mouche. La duchesse se détendit et esquissa un sourire.

— Vous avez plus de jugeote que votre cousin, et je me réjouis de voir une jeune fille soucieuse de l'honneur des siens. Vous n'êtes pas responsable des outrages causés à mon époux par le duc du Maine, et je ne saurai vous refuser l'occasion de redorer votre blason familial. J'accepte donc de vous donner une chance. Mais je vous conseille d'éviter les sujets qui fâchent : vous êtes ici pour servir et distraire ma fille, non pour lui mettre en tête des choses qui n'ont rien à y faire.

Soulagée, Emma replongea dans une nouvelle révérence.

— Mille mercis, Votre Altesse. Je ferai de mon mieux pour vous être agréable.

— J'y veillerai, dit la duchesse d'Orléans en agitant une clochette.

La servante qui avait accueilli Emma entra.

— Odile va vous montrer votre chambre, reprit la duchesse. Et faites-moi le plaisir de vous coiffer avant de rejoindre Mlle Charlotte au jardin.

La chambre d'Emma se trouvait à l'autre bout du palais, dans l'aile opposée.

« On me l'a attribuée pour bien marquer la distance entre les d'Orléans et les du Maine », songea-t-elle avec dépit.

C'était malgré tout une chambre claire et agréable avec un lit à baldaquin, une coiffeuse surmontée d'un miroir, une table, de ravissantes tapisseries aux décors champêtres sur les murs, une petite cheminée et deux fauteuils. L'ensemble reflétait la richesse et l'élégance, comme tout ce qui emplissait le Palais-Royal. Comme le lui avait dit le duc de Chartres, ses malles l'avaient devancée et encombraient la pièce. Odile voulut l'aider à défaire ses bagages.

— Non ! s'exclama Emma avec un peu trop de précipitation.

Odile eut un sursaut de peur et lâcha le couvercle qu'elle venait de soulever.

— Je dois rejoindre Mlle Charlotte, expliqua Emma. Aidez-moi à me coiffer, plutôt, les bagages peuvent attendre.

Il n'était pas question de prendre le risque qu'Odile tombe sur la fiole de somnifère. Lorsque sa coiffure lui permit enfin de se montrer, Emma la renvoya.

Une fois seule, elle partit à la recherche de la fiole, espérant qu'elle n'avait pas été brisée dans l'accident. Mais peut-être aurait-elle préféré, car cette fiole la mettait mal à l'aise.

Le contenu des malles avait été chamboulé pendant la tempête, et Emma commença à s'affoler. Elle fouilla avec fébrilité ses robes, ses chemises, ses jupons. Les chaussures volèrent en tous sens et les chapeaux perdirent quelques plumes. Enfin, sa main se referma sur la petite bouteille de cristal.

— Ouf, intacte, souffla-t-elle, soulagée.

Pas une goutte du précieux liquide jaune ne s'était échappée.

Emma rechignait à utiliser le somnifère car Chartres lui avait dit de faire bien attention, et la duchesse d'Orléans avait promis de la tenir à l'œil. Mais le duc du Maine avait probablement raison, cette cour était un nid de vipères et elle devrait peut-être endormir toute la famille d'Orléans afin d'avoir le champ libre.

Priant pour ne pas avoir à en arriver à cette extrémité, Emma chercha la meilleure cachette pour la fiole. Le printemps finissant, il n'y aurait plus de feu avant octobre. Emma passa la tête dans sa cheminée et découvrir un trou dans une brique.

— Parfait, se félicita-t-elle en glissant la fiole dans le trou.

Puis elle effaça les traces de suie sur sa robe, vérifia une dernière fois sa coiffure dans son miroir et prit une profonde inspiration avant de descendre au jardin.

Chapitre 5

Charlotte d'Orléans

Emma s'attendait à trouver une jeune fille réservée, brodant sagement sur un banc, entourée de vieilles dames sévères et ennuyeuses chargées de la surveiller. En pénétrant dans le jardin, sa curiosité fut piquée au vif par des rires et des cris de joie. Certes, Charlotte était entourée, mais loin d'être vieux, ses compagnons étaient tous jeunes. Emma les découvrit en pleine partie de croquet. Maillet en main, une très belle demoiselle brune, vêtue d'une robe blanche rehaussée de perles, s'apprêtait à frapper sa boule. L'un de ses camarades de jeu, un garçon aux cheveux roux, s'écria :

— Prenez garde à vos petits petons, Charlotte d'Orléans va tirer ! Nul n'est à l'abri !

Au milieu des rires qu'il provoqua, la jolie brune répondit :

— Vile manœuvre pour déstabiliser l'adversaire, mon pauvre d'Éperviêre. Je m'approche dangereusement de votre boule verte, voilà ce qui vous inquiète. Et vous avez raison, car je vais l'envoyer dans la Seine.

Emma resta en retrait pendant que Charlotte jouait son coup. Celle-ci mesura du regard la distance qui la séparait de la boule verte, choisit le meilleur angle et tira sa boule rouge qui, sans envoyer la verte dans la Seine, la projeta trois pas plus loin sur le chemin bordant la pelouse. Des applaudissements saluèrent l'exploit.

— Et voilà ! s'exclama Charlotte d'Orléans triomphante. Essayez de revenir dans le jeu à présent, d'Épervière.

Reconnaissant sa défaite (la boule de Charlotte n'était plus qu'à un coup de la clochette), le dénommé d'Épervière s'inclina bien volontiers. Emma remarqua cependant qu'une grimace de mauvais joueur déforma ses traits dès que Charlotte d'Orléans eut tourné la tête.

Tandis que les autres joueurs se succédaient sur le terrain, deux amies de Charlotte, l'une rousse et l'autre brune, se mirent à lui parler à l'oreille en désignant Emma. Celle-ci estima que le moment était venu de se présenter. S'efforçant de cacher sa nervosité, elle avança et fit sa révérence en disant :

— Mes hommages, Votre Altesse. Je suis Emma du Maine, votre nouvelle demoiselle d'honneur.

— Bravo ! Bravissimo ! s'écria d'Épervière en retrouvant le sourire. Voilà une belle leçon d'étiquette, prenez-en de la graine, mes amis.

Emma se releva en se sentant une nouvelle fois ridicule tandis que les ricanements fleurissaient autour d'elle.

— Au lieu de dire des bêtises, frappez plutôt mon dernier coup pour moi, dit Charlotte en tendant son maillet à d'Épervière. Même un maladroit comme vous ne peut le manquer.

Elle prit ensuite Emma par le bras et ajouta :

— Venez, mademoiselle du Maine, éloignons-nous de cette compagnie turbulente afin de mieux faire connaissance.

Elle entraîna Emma vers des chaises installées autour d'une table croulant sous les friandises et les boissons fraîches et chaudes, le tout présenté dans de la vaisselle en fine porcelaine. Charlotte invita Emma à s'asseoir et fit elle-même le service.

— Oh, non, Votre Altesse ! c'est à moi de vous servir, se récria Emma en bondissant de sa chaise.

— Je vous en prie, laissez-moi faire, répliqua Charlotte. Vous vous relevez d'un terrible accident et il faut vous reposer. Et puis, j'adore jouer à la dînette. Thé, chocolat ou jus de fruits ?

— Thé, s'il vous plaît, répondit Emma, heureuse que quelqu'un s'inquiète enfin de sa santé. Et je suis tout à fait remise de mon accident, je vous remercie de vous en soucier.

— C'est tout naturel, voyons, rétorqua Charlotte. Mais vous ne vous en tirerez pas à si bon compte, il faudra me raconter tous les détails de votre mésaventure. Sucre ?

— Deux cuillères, si c'est un effet de votre bonté.

Tout en lui lançant un regard amusé, Charlotte posa une tasse fumante devant Emma, se servit un grand verre de jus d'orange et s'assit à son tour.

— Alors, vous avez rencontré la duchesse, ma mère ? demanda-t-elle en tendant une assiette de biscuits à Emma.

— Comment Votre Altesse le sait-elle ? s'étonna cette dernière.

— Votre excès de zèle prouve qu'on vous a fait la leçon, répondit Charlotte. Et puis vous avez la mine d'une biche devant le fusil du chasseur ; il est aisé d'en déduire que vous n'êtes pas habituée à la vie de cour. Vous venez de province et vous êtes pauvre, d'après ce qu'on m'a appris ; ma mère a certainement voulu s'assurer que vous étiez digne de me côtoyer.

Emma avala de travers et se mit à tousser.

— Oh ! pardonnez-moi, je vous ai insultée en parlant de votre pauvreté, se reprocha Charlotte en se précipitant pour lui taper dans le dos. Rassurez-vous, je n'ai rien dit à personne, vous ne subirez aucune humiliation à ce sujet.

— Ce n'est pas cela, Votre Altesse, dit Emma une fois sa toux calmée. Vous avez employé les mêmes termes que Son Altesse votre mère, « digne de me côtoyer », c'est cela qui m'a donné envie de… de…

— De rire ? l'aida Charlotte. Je connais si bien ma mère que je pourrais vous rapporter mot pour mot votre entretien même sans y avoir assisté. Et si cela vous fait rire, ne vous gênez pas.

Devant l'air médusé d'Emma, elle expliqua :

— Certes, en présence des grands de la cour, chacun doit tenir son rang et le moindre pas de côté vous attire le mépris et les remarques acerbes, mais quand nous sommes entre nous, je veux dire entre jeunes de notre âge, nous abandonnons cette étiquette rigide pour adopter une attitude beaucoup plus décontractée et amicale. Je vais vous faire une confidence mais il ne faudra jamais la répéter à ma mère.

Emma jura de garder le secret jusqu'à la mort et se rapprocha de Charlotte.

— J'ai horreur de l'étiquette royale. J'en ressentais déjà le poids lorsque nous allions à Versailles voir mon grand-oncle, le roi Louis XIV. Malgré tout ce qu'on racontait sur son énergie, sa joie de vivre, son goût pour les fêtes, la mode et les arts, moi, je l'ai connu sur la fin, vieux, malade, bougon, exigeant. Je n'ai jamais vécu les grandes heures de Versailles, les opéras, les ballets, les dîners à quarante plats, les bals, les feux d'artifice. J'ai connu un Versailles triste et figé, aussi triste et figé que ce roi vieillissant que la maladie empêchait de danser et de monter à cheval. Pendant qu'il restait dans son fauteuil, parlant des après-midi entiers guerre et politique avec les adultes, mes sœurs, notre frère et moi restions sagement assis sans bouger, attendant que Sa Majesté daigne s'apercevoir de notre présence et nous autorise à quitter la pièce. Et si nous avions le malheur de chuchoter un peu trop fort ou de balancer nos pieds, il nous rappelait à l'ordre d'un coup de sa canne sur le sol en nous fusillant d'un regard qui nous donnait envie de disparaître sous terre. Oh, ce regard ! Petite, j'en faisais des cauchemars. Vous comprenez à présent pourquoi la cour et l'étiquette m'oppressent. Et maintenant que mon père est régent, maintenant que nous vivons en permanence entourés d'une cour, c'est encore pire. Avant, j'étais la petite-nièce du roi, autant dire pas grand-chose dans l'ordre de préséance, mais depuis que je suis la fille du Régent, on me regarde comme une princesse héritière. Entre ceux qui me craignent et ceux qui attendent de moi je ne sais quelle faveur, je suis constamment épiée, sollicitée, considérée comme une sorte d'idole intouchable et redoutable. Comme mon grand-oncle à l'époque, je pourrais aujourd'hui obliger quelqu'un à rentrer sous terre d'un regard, et c'est cela le plus effrayant, voyez-vous, car jamais je ne voudrais ressembler au roi qui me faisait si peur. Alors je vous en conjure, entre nous, plus de révérence, ni de Votre Altesse, ni de raideur ; bref, oubliez que je suis princesse de sang, fille du Régent, oubliez l'étiquette et appelez-moi Charlotte. Vous êtes étrangère à la cour et nous avons toutes les deux quinze ans ! Ah, ma chère Emma ! vous apportez un vent de fraîcheur et de sincérité qui me fera le plus grand bien. J'avais hâte de vous connaître, je sens que nous pouvons devenir amies ! Enfin, si vous le désirez aussi, évidemment !

Emma resta sans voix. C'était si différent de ce qu'elle avait imaginé. Elle s'était préparée à affronter une cour hostile où elle n'aurait eu aucun scrupule à utiliser le mensonge et l'hypocrisie contre des personnes qui étaient ses ennemies, mais Charlotte d'Orléans semblait gentille. Elle l'avait accueillie avec le sourire et se préoccupait de sa santé et de sa réputation. Et elle ne supportait pas la cour. Emma se demanda si Charlotte était, comme elle, éprise de liberté. Après tout, ce n'était pas sa faute si elle était la fille du Régent. Et si vraiment Charlotte avait de la sympathie pour elle ? Si elle souhaitait vraiment devenir son amie ? Emma pouvait-elle accepter son amitié en sachant que dans un avenir proche elle devrait la trahir ? Mais Emma savait aussi qu'il existait des princesses qui aimaient jouer à la pauvre petite fille riche et qui, sous leur apparente fragilité et leur sourire timide, cachaient un cœur de glace. Charlotte avouait elle-même que des gens la craignaient. Cette crainte était-elle justifiée ? C'était une d'Orléans, et d'après le duc du Maine, tous les d'Orléans étaient experts en tromperie. Née dans ce nid de vipères, Charlotte avait eu le temps de s'entraîner.

Le regard insistant de la princesse sortit Emma de ses pensées. Elle devait avoir l'air plutôt perdue car Charlotte reprit :

— Je vais trop vite en besogne et je vous perturbe. Vous avez raison, il faut du temps pour connaître quelqu'un et décider si l'on veut devenir son ami. Rien ne presse, vous me donnerez votre réponse quand vous serez sûre de vous et de moi. À présent, racontez-moi votre accident. On dit que vous avez roulé sous les sabots des chevaux et que le gouffre de l'enfer s'est ouvert sous vos pieds. Comme vous avez dû avoir peur !

Emma rectifia la version déformée par la rumeur. Non, l'enfer ne s'était pas ouvert sous ses pieds, et elle avait échappé aux sabots des chevaux de justesse grâce au secours providentiel du vaillant duc de Chartres.

— Chartres ? s'écria Charlotte. C'est Chartres qui vous a sauvée ? Louis ?

— Ah ! il s'appelle Louis ? s'exclama Emma en prenant conscience que Chartres ne lui avait pas révélé son prénom. Mais Votre Alt… je veux dire, vous le connaissez ? demanda-t-elle avec fébrilité.

Charlotte allait peut-être lui fournir des informations qui confirmeraient que Chartres était l'Ombre. Mais sa réponse eut l'effet contraire et le mystère s'épaissit un peu plus.

— Si je le connais ? répéta-t-elle en éclatant de rire. Oh, oui ! je le connais. Tout le monde connaît le duc de Chartres, et ce que vous me racontez est pour le moins surprenant car j'ignorais qu'il fût capable d'un acte de bravoure.

— Pourtant, à son âge, il est déjà capitaine, fit valoir Emma.

— Oh ! pour cela, il n'est pas difficile d'être nommé capitaine à dix-sept ans quand on est issu d'une bonne famille.

Emma sentit une vague de déception la submerger. Elle avait imaginé des exploits extraordinaires, des batailles gagnées, des missions secrètes et dangereuses, mais Chartres n'avait eu qu'à naître pour obtenir faveurs et honneurs.

— Un fantoche, soupira-t-elle. Fait-il partie de vos amis ?

Charlotte secoua la tête.

— Il trouve mes amis bêtes et superficiels. J'ai droit au même traitement de sa part, d'ailleurs.

— Il ose vous parler ainsi ? À vous, une princesse de sang ? s'étonna Emma.

— Il se moque bien de mon rang. Parfois j'ai envie de lui arracher son chapeau pour le lui faire avaler en même temps que son arrogance. Vous l'avez dit, un véritable fantoche ; le Matamore de la commedia dell'arte qui se pavane en faisant tournoyer son épée et se sauve devant une mouche. Aucun intérêt, si vous voulez mon avis, parlons d'autre chose...

Charlotte se mit en devoir de présenter de loin ses amis à Emma.

— Ce roux fanfaron qui croyait gagner tout à l'heure se nomme Julien d'Épervière. Son père, un comte très important, travaille avec le mien au Conseil de régence. D'Épervière est un charmant camarade mais il est assez susceptible. Il aime rire des autres mais déteste qu'on rie de lui. La demoiselle rousse en robe verte est sa sœur, Clarisse, ma première demoiselle d'honneur. Si vous avez le moindre problème en ce qui concerne votre charge, adressez-vous à elle. Clarisse sera ravie de jouer les professeurs. La brune en rose est Marguerite de Haute-Maison. Nous la surnommons Margot. Elle nous fait rire, mais malheureusement à ses dépens, car elle est très maladroite. Méfiez-vous de la jolie Diane de Pyrole, c'est une incorrigible bavarde qui adore les ragots. Le jeune homme brun qui range les maillets de ces demoiselles s'appelle Côme de Bussy...

Emma essayait de l'écouter avec attention mais son esprit retournait sans cesse vers Louis de Chartres. Le duc du Maine avait raison, décidément, chacun cachait bien son jeu, à la cour, et pourtant… si Chartres était le Matamore sans consistance décrit par Charlotte, comment avait-il pu braver la tempête au péril de sa vie pour la secourir ?

Chapitre 6

L'éventail et la pierre

Emma n'avait aucune envie de faire beaucoup d'efforts pour s'adapter à sa nouvelle vie. Elle s'efforçait au contraire d'éviter les courtisans. Au-delà des mises en garde de du Maine, Emma redoutait surtout de se faire des amis qu'elle serait obligée de trahir, comme Charlotte. Au fil des jours, en effet, Emma se rendait compte que du Maine exagérait quand il disait qu'il fallait se méfier de tout le monde à la cour. Ou alors il devait parler des adultes, car parmi les jeunes, Emma n'avait remarqué ni animosité ni hypocrisie. Les journées se passaient en divertissements, festins, promenades, jeux, rires et musique. Les demoiselles et jeunes seigneurs avaient vite adopté Emma qui, malgré elle, sentait son cœur s'emplir d'amitié pour eux. Elle se raisonnait en se disant que son séjour au Palais-Royal ne durerait qu'une semaine ou deux.

Elle croisait parfois la duchesse d'Orléans dans une galerie, et son regard glacial ne lui laissait guère d'espoir : sa cote auprès de la duchesse restait au plus bas. Quant au Régent, elle ne l'avait même pas aperçu. Accaparé par les affaires du royaume, Philippe d'Orléans passait ses journées dehors, au Conseil de régence ou ailleurs pour ne rentrer qu'à la nuit tombée. Après avoir embrassé ses enfants qu'il envoyait aussitôt au lit, il rejoignait ses amis dans sa salle de jeux ou commandait un bal pour se distraire. Jeux et bals où une humble demoiselle d'honneur de sa fille n'avait rien à faire. Le Régent connaissait-il au moins son existence ? Emma en doutait. Et s'il avait entendu parler d'elle, ce devait être en tant que cousine du duc du Maine, l'ennemi indésirable.

Dix jours après son arrivée, l'occasion de pénétrer seule chez les d'Orléans se présenta.

Ce soir-là, toute la cour se pressa au théâtre du Palais. La troupe de la Comédie-Française présentait *Les Fourberies de Scapin* de Molière et personne ne voulait manquer un spectacle si distrayant. Le Régent en personne était au premier rang avec son épouse et ses enfants ; les premières dames et demoiselles d'honneur au deuxième, avec les ministres du Conseil. Serrée au troisième rang avec les autres demoiselles d'honneur, Emma n'apercevait que la plume du chapeau du Régent. Son fils, toujours par monts et par vaux, était absent. N'ayant aucune envie de se retrouver en présence de son « fiancé », Emma ne s'en souciait guère. L'essentiel pour elle ce soir-là était qu'aucun membre de la famille d'Orléans ne se trouvait dans ses appartements. Emma aurait tout le temps de la pièce de théâtre pour chercher ses titres de propriété. Mais comment quitter la salle sans éveiller les soupçons ? Elle se creusait la tête à la recherche d'une bonne excuse quand elle entendit la voix de Charlotte dans le brouhaha du public qui s'installait.

— Dieu qu'il fait chaud ! Et j'ai oublié mon éventail.

— Envoyez une demoiselle d'honneur, suggéra sa mère.

Charlotte se retourna.

— Clarisse, auriez-vous la bonté d'aller prendre mon éventail ? Il est dans ma chambre.

— Dans l'instant, mademoiselle, répondit Clarisse.

Emma sauta sur l'occasion. En se précipitant, elle gagnerait du temps et aurait dix bonnes minutes pour fouiller le bureau du Régent.

— Ne te dérange pas, Clarisse, je peux y aller.

Soulagée de ne pas rater le début de la pièce, Clarisse accepta avec joie.

— Il n'en est pas question, mesdemoiselles, intervint la duchesse d'Orléans d'un ton sévère. Une seconde demoiselle d'honneur débutante ne remplace pas la première quand celle-ci est sollicitée par sa maîtresse. Mademoiselle d'Épervière, je vous croyais plus respectueuse de l'étiquette. Eh bien ! vous êtes encore là ? Ma fille a chaud, hâtez vous un peu. Quant à vous, mademoiselle du Maine, cessez de faire votre intéressante et restez à votre place, je vous prie. Dans tous les sens du terme.

Sous le regard désolé de Charlotte, Emma se rassit. Elle songea au duc de Chartres qui lui avait également recommandé de rester à sa place. Elle avait toujours eu l'habitude de faire ce qu'elle voulait, et elle dut user de toute sa volonté pour ne pas envoyer la duchesse sur les roses et s'enfuir. L'humiliation de se faire rabaisser devant tout le monde, cependant, n'était rien, comparée à son exaspération de devoir rester là sans possibilité désormais de s'absenter. La duchesse aurait été trop contente de la renvoyer de la cour si elle « faisait son intéressante » une deuxième fois.

Remuant de sombres pensées, Emma ne regarda pas la pièce et fut la seule que *Les Fourberies de Scapin* ne firent pas rire ce soir-là.

Une semaine plus tard, Emma ressassait encore son échec quand une nouvelle vint remonter son moral. Charlotte et sa sœur Adélaïde, qui avait seize ans, eurent envie de faire une promenade à cheval. Tous leurs amis étaient les bienvenus, les demoiselles d'honneur en tête. On irait jusqu'au bois de Vincennes et on emporterait un pique-nique pour midi. Emma savait que le lendemain matin, c'est-à-dire le jour de la promenade, le Régent et son épouse devaient rendre visite au roi. Ils avaient prévu d'y aller avec leurs deux filles Élisabeth et Philippine, qui, à six et un an et demi, étaient d'excellentes compagnes de jeux pour le petit Louis XV. Emma devait encore se renseigner sur l'emploi du temps de la fille aînée et du fils des d'Orléans.

— Votre sœur Marie-Louise se joindra-t-elle à nous ? demanda-t-elle à Charlotte dans l'après-midi, alors qu'elles choisissaient des raquettes pour une partie de volant.

— Marie-Louise a horreur des chevaux, répondit Charlotte.

Emma vit ses espoirs anéantis, mais Charlotte poursuivit :

— Elle doit de toute façon rendre visite aux sœurs du couvent de la Merci au nom du Régent, notre père.

Emma s'efforça de cacher son soulagement.

— Euh… et votre frère ?

— Oh ! lui, il préfère parader avec des mousquetaires plutôt que de se promener avec nous. Je suppose qu'il se prend pour un grand général quand il arpente les rues à la tête de sa troupe. Si seulement il pouvait attraper un voleur de bourses, il serait utile à quelque chose.

Charlotte éclata de rire et Emma l'imita, mais ce n'était pas la plaisanterie de la princesse qui la mettait en joie. L'occasion était trop belle, et cette fois, elle ne devait pas la manquer. Elle passa le reste de la journée à mettre au point un plan infaillible. Trop préoccupée, elle ne fut pas concentrée au jeu du volant et se fit battre à plates coutures par un Julien d'Épervière ravi. Elle ne fut guère plus attentive pendant le dîner, et Côme de Bussy dut lui faire remarquer qu'on ne mettait pas de crème chantilly sur une tranche de rôti de bœuf.

— Que t'arrive-t-il, Emma ? lui demanda Marguerite de Haute-Maison. Tu as été dans les nuages toute la journée.

— Dans les nuages ou dans les bras d'un beau jeune homme en pensée, insinua Diane de Pyrole d'un air à la fois soupçonneux et avide.

— Je te promets, chère Diane, que lorsque j'aurai trouvé le grand amour, tu seras la première avertie. Ainsi, toute la cour sera au courant dans l'heure sans que je me fatigue, répondit aimablement Emma, déclenchant l'hilarité générale, y compris celle de Diane, qui ne savait garder un secret mais avait bon cœur.

Cette diversion permit à Emma de ne pas répondre à la question de Marguerite. Les heures passant, elle commençait à désespérer de trouver une solution pour rester au palais le lendemain. Elle aurait pu simplement annoncer qu'elle était malade et préférait garder la chambre, mais après l'épisode du théâtre, elle ne pouvait se permettre de s'attirer une fois de plus les remontrances de la duchesse d'Orléans. C'est en allant se coucher ce soir-là qu'une idée lui vint enfin. En montant le grand escalier, elle remarqua que Marguerite boitait légèrement.

— Tu as mal aux pieds, Margot ? lui demanda-t-elle.

Marguerite eut une grimace douloureuse.

— Je me suis un peu tordu la cheville en jouant au volant tout à l'heure.

— J'espère que cela ne t'empêchera pas de chevaucher demain, s'inquiéta Clarisse d'Épervière.

Emma s'en voulut de ne pas ressentir plus de compassion pour la pauvre Margot, mais elle se mordit la joue pour s'empêcher de sourire car cette cheville endolorie venait de lui inspirer le plan infaillible qu'elle avait vainement cherché toute la journée.

Le lendemain matin, Emma fut la première levée. Elle descendit aux cuisines s'assurer que le pique-nique était prêt puis alla faire seller les chevaux. En revenant des écuries, elle passa par le jardin, vérifia que personne ne l'observait, fouilla sous des buissons et ramassa une petite pierre plate et blanchâtre qu'elle glissa dans sa bourse.

À dix heures, lorsque Charlotte, Adélaïde et les autres sortirent sur le perron, la charrette portant le pique-nique les attendait, conduite par un laquais en livrée. À côté, les chevaux étaient alignés en bon ordre. Il ne restait plus qu'à grimper en selle et à profiter de cette magnifique journée. Adélaïde avait un visage allongé, des cheveux châtains et un regard doux.

— Ta nouvelle demoiselle d'honneur est une véritable perle, dit-elle à sa sœur. Elle devrait continuer et monter sur la charrette pour veiller sur le repas.

À ces mots, Emma tressaillit. Elle ne pouvait pas faire la route sur la charrette. Elle devait absolument être à cheval, cela faisait partie de son plan. Mais comment dire non aux filles du Régent ? Par chance, Marguerite vint à son secours.

— Si Votre Altesse le permet, c'est moi qui monterai sur la charrette, dit-elle à Adélaïde en accompagnant sa demande d'une petite révérence. J'ai trop mal à la cheville pour monter à cheval, mais grâce à la charrette, je pourrai quand même venir. Enfin, si Emma accepte de me laisser sa place...

Son regard implorant se posa sur Emma qui faillit l'embrasser mais se contenta de répondre :

— Bien volontiers, si Leurs Altesses l'autorisent.

Une fois en selle, Charlotte et Adélaïde prirent la tête du cortège. Bien que d'Épervière, Bussy et les autres garçons se fussent proposés pour servir de gardes du corps, les princesses avaient jugé plus prudent de s'entourer de quelques mousquetaires plus rassurants que ces jeunes et frêles nobles en dentelles dont les épées au pommeau d'argent ne quittaient jamais les baudriers brodés d'or.

Le cortège ne passa pas inaperçu. Il était rare de voir d'aussi près des membres de la famille royale, et les gens se pressèrent pour saluer Charlotte et Adélaïde.

— Vive les princesses ! Qu'elles sont belles ! Vive le Régent ! criaient les Parisiens avec de grands signes de la main.

Charlotte et Adélaïde répondaient par de charmants sourires et des signes de tête. Leur suite attirait aussi les regards et les commentaires admiratifs. La plupart de leurs amis s'en tenaient à copier les manières des princesses, seuls Julien et Clarisse d'Épervière saluaient comme si on les conduisait à leur couronnement.

La foule grossissait à mesure que le cortège traversait la capitale et Emma commençait à s'inquiéter. Elle avait besoin de rester seule en arrière pour son plan, et toutes ces personnes qui s'agglutinaient pour admirer sa robe de soie et sa jolie jument baie étaient gentilles mais très encombrantes. Enfin, on sortit de Paris pour s'engouffrer dans le bois de Vincennes. Les bruits de la ville s'estompèrent peu à peu et le calme des sous-bois les enveloppa bientôt.

Petit à petit, Emma ralentit et se laissa distancer. Tout à leurs joyeuses conversations, les autres n'avaient rien remarqué. Quant aux mousquetaires, ils ne se souciaient que de la sécurité des deux princesses. Une fois en queue de cortège, Emma arrêta sa monture, sauta à terre puis récupéra la pierre dans sa bourse et fit plier une jambe avant à sa jument.

— Pardonne-moi, Garance, mais j'ai besoin de ta complicité. Tu n'auras pas à souffrir longtemps, je te le promets.

Et elle coinça la pierre entre le sabot et le fer. Une fois sa jambe reposée par terre, Garance se mit à boiter. Emma appela aussitôt un mousquetaire, qui prévint les autres. Tout le monde revint sur ses pas.

— Vous m'en voyez navrée mais je vais devoir retourner au palais, ma jument boite, expliqua Emma.

— Comment se fait-il ? demanda Bussy.

— Je l'ignore, répondit Emma. Elle a dû se tordre la jambe sur les pavés en ville. Elle me semblait gênée depuis un moment et à présent, regardez, elle ne peut plus me porter.

Emma fit faire quelques pas bancals à Garance pour prouver ses dires.

— Oh, pauvre Garance ! se désola Charlotte. Et pauvre de vous, Emma ! Vous pourriez prendre le cheval d'un mousquetaire qui ramènerait Garance au palais.

— Faites excuses, Votre Altesse, mais notre mission est de vous escorter et j'ai besoin de tous mes hommes, intervint le lieutenant qui commandait les mousquetaires.

— Et puis, je serais incapable de chevaucher un cheval aussi puissant, appuya Emma. Tant pis, je n'avais qu'à faire plus attention. Par ma faute, Garance est blessée, je dois prendre soin d'elle, je refuse que quelqu'un se sacrifie pour moi.

— Comme je le disais, une véritable perle ! lança Adélaïde.

Sa réflexion détendit l'atmosphère car chaque garçon avait craint d'être désigné volontaire pour ramener Garance.

— Cependant, vous ne pouvez rentrer seule, reprit Charlotte.

— Pourquoi ? répliqua Emma. J'ai grandi entourée de forêt, je n'en ai pas peur, et je saurai m'orienter dans Paris. Au besoin je demanderai mon chemin aux Parisiens. Rassurez-vous, je n'aurai aucun problème à retrouver le Palais-Royal.

— Mais cela vous prendra des heures, à pied, insista Charlotte.

— Nous, les campagnards, avons l'habitude de marcher, déclara Emma avec conviction. Je vous remercie de votre sollicitude, Charlotte, mais je vous assure que je peux rentrer seule et que si l'un de vous renonce à cette journée pour moi, j'en serais doublement chagrinée. Allons, je vous ai assez fait perdre de temps comme cela. Reprenez la promenade et amusez-vous tous bien. Savoir que mes amis prennent du bon temps me consolera.

Soulagés, les autres ne se le firent pas dire deux fois. Le cortège disparut bientôt au loin dans un nuage de poussière, Emma retira la pierre du sabot, remonta en selle et saisit ses rênes.

— Et à présent, ma belle Garance, direction le Palais-Royal, et au triple galop, s'il te plaît.

Dans les écuries, personne ne questionna Emma. Le palefrenier qui récupéra Garance s'étonna de la voir essoufflée comme si elle avait galopé une heure (ce qui était le cas !) mais n'osa pas interroger une demoiselle de la cour qui semblait du reste très pressée.

En effet, sitôt descendue de cheval, Emma se rua vers le palais en courant. Elle dut ronger son frein dès le vestibule afin de ne pas attirer l'attention. Marchant le plus vite qu'elle pouvait, elle grimpa les escaliers quatre à quatre en croisant les doigts. Si elle avait vu juste, les mousquetaires en faction devant la porte des d'Orléans devaient relâcher sensiblement la surveillance lorsque la famille était absente. Elle se félicita de son bon sens de la déduction en découvrant la voie libre. Collant son oreille au panneau, elle vérifia qu'aucun serviteur ne se trouvait derrière la porte puis tourna la poignée et pénétra chez les d'Orléans à pas feutrés. Prudemment, elle entrouvrit chaque porte à la recherche du bureau du Régent. Son cœur battait très fort et lui faisait presque mal aux côtes. Emma crut qu'il allait bondir hors de sa poitrine quand elle entendit son nom prononcé derrière elle.

— Mademoiselle du Maine ?

Emma se retourna d'un coup.

— Odile, c'est toi ! souffla-t-elle une main sur le cœur. A-t-on idée de faire ainsi peur aux gens ? J'ai cru mourir !

— Pardonnez-moi, mademoiselle, mais c'est vous qui me faites peur, chuchota la servante. Par le diable, que faites-vous là ?

— Je… je suis venue chercher… euh… l'éventail de Son Altesse Charlotte, répondit Emma en donnant la première explication qui lui passait par la tête.

— Mais vous ne devriez pas être ici, dit précipitamment Odile qui regardait autour d'elle d'un air inquiet.

— Quelle importance ! Les appartements des d'Orléans sont vides aujourd'hui, répliqua Emma en haussant les épaules. Et d'abord, pourquoi parles-tu si bas ?

— Par pitié, chuchotez, vous aussi, supplia Odile. Mlle Philippine est malade. Elle n'a pu se rendre chez le roi et doit garder le lit. Son Altesse la duchesse est bien entendu restée auprès de sa fille. Et vous connaissez Son Altesse la duchesse, elle a ordonné que pas une mouche ne vole dans les environs. Elle a même éloigné les mousquetaires sous prétexte que le bruit de leurs bottes risquait de troubler le sommeil de Mlle Philippine.

Si elle vous découvre ici, sachant combien elle vous déteste, sauf votre respect, mademoiselle, précisa Odile avec une petite génuflexion, nous serons toutes deux renvoyées.

À cet instant, la porte de la chambre de Philippine s'ouvrit et la duchesse apparut. Odile eut juste le temps de pousser Emma derrière le rideau d'une fenêtre, puis elle se colla à la tenture pour la cacher davantage.

— Ah ! Odile, tu tombes bien, dit la duchesse. Mlle Philippine s'est réveillée. Descends aux cuisines commander un lait chaud au miel.

— Tout de suite, Votre Altesse, répondit Odile avec une révérence.

Elle faillit tomber en avant en se cognant dans Emma mais la duchesse était déjà retournée auprès de Philippine et ne remarqua rien.

— Vous voyez, dit Odile en tirant le rideau. J'irai vous chercher l'éventail après le lait au miel, mais s'il vous plaît, sortez d'ici et ne revenez jamais.

Et sans plus de cérémonie, elle entraîna Emma dehors avant de descendre aux cuisines, non sans lui avoir recommandé de l'attendre en respirant le moins fort possible.

Seule et immobile devant la porte close, sans même avoir le droit de respirer à son aise, Emma serra les poings de rage.

Chapitre 7

La sainte Charlotte

Après plusieurs semaines, Emma n'avait toujours pas récupéré ses titres et le temps commençait à lui paraître long. La nuit, dans son lit, ressassant de tristes pensées, ses yeux se posaient de plus en plus souvent sur la cheminée. Devrait-elle se résigner à utiliser le somnifère ? Cette idée la terrifiait. De toute manière, un tel plan semblait irréalisable. Les d'Orléans étaient nombreux et leurs allées et venues incessantes. Chacun avait ses heures de repas et des plats différents les uns des autres. Jamais Emma ne pourrait les endormir tous d'un coup. Un jour, cependant, l'occasion de les voir réunis se présenta et l'idée du somnifère refit surface dans son esprit.

Ce matin-là, en descendant prendre son petit-déjeuner, Emma remarqua une certaine agitation dans le palais. Les serviteurs installaient des guirlandes de fleurs et des décorations jusque dans le jardin. Emma rejoignit les jeunes de la cour dans leur salle à manger.

— Emma, hâte-toi un peu, lui lança d'Épervière. Tu tiens donc à arriver en retard ? Mme d'Orléans ne te le pardonnera pas.

Un éclat de rire retentit. Nul n'ignorait à la cour ce que la duchesse d'Orléans pensait d'Emma du Maine.

— Que se passe-t-il ? demanda Emma en se dépêchant d'avaler deux tartines et un bol de lait.

— Il se passe que nous sommes le 17 juillet, répondit Clarisse.

— Quelqu'un fête son anniversaire ? s'enquit Emma.

Des soupirs exaspérés s'élevèrent autour de la table et Clarisse expliqua :

— Voyons, Emma, le 17 juillet, c'est la sainte Charlotte. Je commence à croire que Mme d'Orléans a raison ; tu n'es vraiment pas la demoiselle d'honneur idéale pour sa fille.

Emma sursauta en lâchant sa tartine.

— Charlotte ne m'a rien dit.

— Tu es censée connaître ce genre de détails, fit observer Diane de Pyrole.

Sur la cheminée, une pendule sonna huit heures et demie.

— J'ai encore le temps de trouver un cadeau, dit Emma en renonçant à sa dernière tartine.

Elle était déjà debout quand Bussy secoua la tête.

— Nous devons nous tenir prêts à neuf heures pour une haie d'honneur quand Charlotte descendra… avec sa mère, précisa-t-il en pouffant de rire.

Emma se sentit désemparée. Si elle se présentait les mains vides, la duchesse d'Orléans aurait la preuve ultime de son incompétence.

Marguerite remarqua son embarras et la prit par les épaules.

— Arrête donc de la torturer, Bussy, dit-elle. Et ne t'inquiète pas, Emma, nous donnerons nos cadeaux à Charlotte durant la fête cet après-midi. Tu as jusqu'à seize heures.

— Mais prends garde, ô innocente jeune fille ! reprit Bussy avec de grands gestes de comédien tragique. Le compte à rebours est lancé : à seize heures, tous les d'Orléans seront là pour célébrer ce glorieux jour et tu ne pourras plus leur échapper.

Un nouvel éclat de rire retentit, accompagné d'applaudissements. Les traits d'Emma s'étaient ternis.

— N'aie crainte, les d'Orléans ne sont pas tous comme la duchesse, la rassura Diane. Vois Charlotte. Et attends de connaître sa grand-mère.

— Ah ! la mère du Régent, c'est quelque chose ! s'exclama Bussy. Tu as sûrement dû entendre parler d'elle au fin fond de ta province, Emma. C'est elle que l'on surnomme la Palatine.

Tout le monde y alla de son petit commentaire sur cette célèbre Palatine mais Emma n'écoutait plus. D'autres paroles résonnaient dans sa tête : « Tous les d'Orléans seront là pour célébrer ce glorieux jour. »

Emma se mit à trembler mais sa résolution fut prise : avant de songer au cadeau, elle irait chercher la fiole de somnifère.

À neuf heures tapantes, Charlotte descendit le grand escalier dans une sublime robe de soie rose parsemée de diamants. Derrière elle, la duchesse d'Orléans lançait des regards alentour pour bien vérifier que tout le monde s'extasiait. Réglée comme une chorégraphie, la haie d'honneur fut parfaite, chacun se baissant avec grâce au passage de Charlotte qui marchait d'un pas digne, l'air sérieux. Quand elle passa devant Emma, celle-ci tenta un petit clin d'œil que Charlotte ignora totalement. Emma en ressentit un peu de peine mais le regard pesant de la duchesse l'informa que l'instant était trop solennel pour faire des grimaces. Emma inclina la tête et ne la releva qu'une fois que Charlotte et sa mère sortirent dans le jardin.

Dehors, de grands personnages de la cour attendaient de présenter leurs respects à la fille du Régent. Emma profita de l'attroupement général pour monter discrètement jusqu'à sa chambre. Une fois la porte fermée, elle se précipita dans la cheminée. Ses doigts cherchèrent la brique cassée et s'y glissèrent. Mais le trou était vide. Prise de panique, Emma s'engouffra dans l'âtre et chercha à tâtons avec frénésie. La fiole devait être là ! Elle ne pouvait qu'être là ! Sinon qui l'aurait prise ? Si quelqu'un l'avait trouvée, Emma aurait été interrogée. Non, personne ne savait et personne ne visitait les cheminées à la recherche d'hypothétiques objets. Il était impossible que qui que ce fût l'ait trouvée par hasard. Et pourtant, la brique trouée était vide. Emma la fouilla trois fois, mais rien, rien, rien… Puis soudain, elle se souvint : c'était du côté gauche qu'elle avait caché la fiole, et cette brique était du côté droit. Elle retrouva enfin la bonne brique et récupéra la fiole avec un profond soupir de soulagement. Mais une nouvelle panique s'empara d'elle quand elle vit son reflet dans le miroir. Ses cheveux, sa robe, ses mains, ses joues étaient couverts de suie. Elle mit près d'une heure à se débarbouiller et à se changer. Quand dix heures sonnèrent, elle dévala les escaliers, le cœur battant. Elle essayait de ne pas songer à la façon dont elle allait s'y prendre pour verser le somnifère dans une boisson, mais ce n'était pas facile, car dans sa bourse, le cliquetis de la fiole contre les pièces de monnaie pour le cadeau lui rappelait sans cesse sa mission. Il fallait d'abord courir les boutiques du quartier à la recherche du présent. Cette pensée était plus joyeuse, mais au moment où elle se précipitait vers le grand vestibule du palais, la voix outrée de la duchesse d'Orléans s'éleva dans son dos :

— Où vous croyez-vous mademoiselle du Maine ? Dans les champs au milieu des chèvres ?

Emma stoppa net, se retourna et plongea dans une révérence.

— Je vous demande pardon, Votre Altesse. Je suis pressée d'aller acheter un cadeau pour Mlle Charlotte.

— Vous n'avez pas de cadeau ? s'étonna Mme d'Orléans. Auriez-vous oublié quel jour nous sommes ?

— Comment l'oublier ? répondit Emma en cherchant une explication à toute vitesse. Mais je… je voulais que ce soit une vraie surprise et j'avais décidé de m'y prendre au dernier moment afin d'éviter oreilles et yeux indiscrets.

La duchesse fronça les sourcils. De toute évidence, elle ne croyait pas un mot de cette histoire.

— Et que comptez-vous offrir à ma fille qui demande un si grand secret ?

Emma sautilla d'un pied sur l'autre.

— Euh… c'est-à-dire que… j'aimerais garder le secret jusqu'au dernier moment, si Votre Altesse le permet.

— Quoi que ce soit, Charlotte le possède déjà en cent exemplaires, asséna Mme d'Orléans d'un ton sans réplique. J'ai une meilleure idée, si toutefois vous vous y connaissez en pâtisserie.

— Je faisais souvent des gâteaux à la maison, j'adore ça ! répondit Emma avec enthousiasme.

— Notre pâtissier, Jérôme, s'est cassé la jambe en glissant sur un macaron. Vous sentez-vous capable de le remplacer ? Je vous préviens, il s'agit de confectionner un gâteau digne d'une princesse et assez gros pour la famille et les invités. Voilà qui vous donnera l'occasion d'offrir à Charlotte autre chose qu'un foulard ou une ceinture.

— Je vous remercie de votre confiance, Votre Altesse. Je vous promets que ce sera le plus beau gâteau qu'on ait jamais vu au Palais-Royal.

— Je l'espère pour vous, dit Mme d'Orléans avec un regard perçant. C'est un grand honneur que je vous fais là, ne me décevez pas. Vous savez où sont les cuisines ? Ah ! une dernière chose, notre famille raffole du chocolat.

— Votre famille s'en régalera jusqu'à tomber en pâmoison, assura Emma avec une nouvelle révérence tandis que Mme d'Orléans s'éloignait.

Sans le savoir, la duchesse venait de lui offrir l'occasion qu'elle attendait.

Les cuisines du palais étaient immenses. Le long des murs, de larges cheminées permettaient de faire rôtir à la broche bœufs, cochons, chevreuils entiers. Autour de grandes tables, une centaine de personnes s'affairaient au service de la cour. Cuisiniers, serveurs, marmitons, sommeliers, apprentis, chacun connaissait son travail et l'exécutait avec efficacité. Emma eut l'impression de pénétrer dans une fourmilière. Dans la pièce réservée aux pâtisseries, elle trouva tous les ustensiles et les ingrédients dont elle avait besoin. Dès qu'il sut que Mlle du Maine faisait un gâteau pour Charlotte d'Orléans, le chef lui adjoignit deux commis qui se révélèrent d'une aide précieuse. Le premier, Paulin, s'occupait des cuissons et du four, tandis que le second, Lucien, battait les œufs et montait la crème chantilly comme personne. Emma était contente de les avoir mais leur présence l'empêchait de prendre la fiole dans sa bourse pour en verser le contenu dans les préparations. Tout en choisissant des moules en forme de couronne, elle réfléchissait à une manière de détourner leur attention sans éveiller leurs soupçons.

— Oh ! laissez-moi ce plaisir, s'écria-t-elle en voyant Paulin verser un bloc de chocolat dans un bain-marie. J'adore regarder fondre le chocolat.

— Mais c'est très salissant, mademoiselle, dit Paulin ennuyé. Que dira mon chef ?

— Votre chef sait que je dois faire un gâteau au chocolat. Je tiens à m'en occuper personnellement, et ce ne sont pas quelques taches qui m'arrêteront. Allez plutôt me chercher des roses pour la décoration.

— C'est que nous n'avons pas de roses ici, mademoiselle, répondit Paulin.

— Voilà qui est fâcheux, se désola Emma. Mais j'y pense, vous pourriez aller en cueillir au jardin. Prenez soin d'en choisir de plusieurs couleurs, ni trop grosses ni trop petites. Et qu'elles n'aient ni épines ni pucerons, surtout. Lucien, vous voulez bien l'assister ?

Une fois les deux commis sortis, Emma saisit une cuillère en bois et se pencha sur le bain-marie. Le bloc de chocolat mettait du temps à fondre.

— Dépêche-toi, dépêche-toi avant qu'ils reviennent, l'encouragea Emma, fébrile.

D'une main tremblante, elle sortit la petite fiole de sa bourse, l'ouvrit discrètement et se tint prête. Lorsque le dernier petit morceau du chocolat fondit en une onctueuse sauce épaisse et marron, elle versa quelques gouttes de somnifère dans la casserole. Puis elle réfléchit. Le gâteau serait énorme et la fiole était minuscule. Quelques gouttes suffiraient-elles ? Dans le doute, Emma versa la moitié de la fiole. Mais finalement, pour plus de sûreté, elle vida le reste du somnifère. Après tout, l'occasion ne se représenterait pas, elle devait tenter le tout pour le tout. À peine avait-elle remis la fiole dans sa bourse et touillé la préparation que Paulin et Lucien revinrent les bras chargés de roses.

Chapitre 8

Le long sommeil

L'après-midi, les jardins furent réservés à la fête de Charlotte. Une quinzaine de ses amis les plus intimes avait été invités en plus des d'Orléans, et Emma se félicita d'avoir utilisé tout le somnifère. Elle avait pris soin de vite jeter casseroles et cuillères dans une bassine d'eau savonneuse avant que l'idée de les lécher ne vienne à Paulin ou à Lucien. Sa plus belle toque fièrement posée sur la tête, le chef attendait avec le gâteau dans le vestibule mais Emma était tranquille, jamais le chef n'aurait l'audace d'entamer un gâteau destiné à Mlle d'Orléans.

Elle fit le tour des membres de cette famille si puissante. Elle connaissait déjà Adélaïde et avait fréquemment croisé les jeunes, Élisabeth et Philippine, dans les bras de leurs nourrices, mais elles étaient absentes. Leur mère avait dû juger qu'une fête n'était pas la place de si petites filles. Emma fut en revanche intriguée par l'aînée, Marie-Louise, qu'elle n'avait jamais vue et qui avait vingt ans. Toute de noir vêtue, elle semblait incongrue dans cette assemblée multicolore. Elle ne riait pas avec les autres, préférant rester en retrait, toute penaude, toute triste. Quand Emma fit remarquer qu'elle avait plutôt l'air de se rendre à un enterrement, d'Épervière lui expliqua :

— Tu ne crois pas si bien dire. Son mari, Charles de France, héritier du trône, a eu l'indélicatesse de mourir avant son grand-père, Louis XIV. Cela fait deux ans maintenant, mais Marie-Louise continue de porter le deuil… Le deuil du destin de reine qui lui passe sous le nez.

Emma en resta bouche bée. Ainsi, le Régent concoctait des mariages avantageux pour tous ses enfants et à cause de lui, sa fille aînée était veuve et sans avenir à vingt ans. Belle réussite ! Et il espérait qu'elle, Emma d'Aléas, accepte d'épouser son fils ? Emma sourit presque à cette folle entreprise. Où était-il, d'ailleurs, le fils ? Jusqu'ici, Emma n'avait rencontré que les filles de la famille et elle était curieuse de voir la tête de son prétendant.

Une rumeur s'éleva soudain, et les invités s'écartèrent pour une nouvelle haie d'honneur. Un homme vêtu d'un costume blanc brodé de fils d'argent et arborant une perruque brune surmontée d'un tricorne à plumes s'avançait d'un pas majestueux. Le cœur d'Emma battit plus fort à l'idée de rencontrer le fils d'Orléans, mais cet homme devait avoir une quarantaine d'années. Le Régent ! Emma sentit une bouffée de peur mélangée de colère l'envahir. Philippe d'Orléans, l'homme qui l'avait fait enlever, l'homme qui l'avait embastillée, l'homme qui lui avait pris ses biens et sa liberté, marchait dans sa direction. Elle devait se contrôler, ne pas montrer son émotion. La révérence était parfaite pour ça. Baissée comme elle l'était, son ennemi ne pouvait pas voir son visage. De toute façon, il passa devant elle sans un regard et rejoignit Charlotte dont il prit la main. Les invités se relevèrent et s'approchèrent. Emma se tint prudemment derrière les autres. Le Régent n'avait aucun effort à faire pour attirer l'attention. Son rang y contribuait, bien sûr, mais Emma se surprit à lui reconnaître une certaine prestance et une grâce naturelle indéniable. Il avait conservé sa silhouette de jeune homme et son visage aux traits fins exprimait toute la grandeur de la dynastie des Bourbons qui régnait sur la France depuis Henri IV. Tout le monde semblait sous le charme. Emma seule connaissait le monstre qui se cachait derrière cette aura de majesté.

— Merci à vous tous, mes amis, de vous être joints à nous pour célébrer la sainte Charlotte et rendre hommage à la plus charmante princesse du royaume, ma chère fille, dit-il. Tout aussi charmantes sont mes autres filles, je le précise afin qu'il ne subsiste aucun doute à ce sujet, ajouta-t-il avec un sourire en inclinant la tête vers Marie-Louise et Adélaïde.

Un grand éclat de rire retentit. Emma s'agaça. Non content de posséder la grâce, le Régent avait aussi le sens de l'humour. Quelles armes redoutables pour tromper son monde !

Philippe d'Orléans allait se lancer dans une tirade à la gloire de Charlotte quand un galop fit voler le gravier des allées.

— Ne commencez pas sans moi, je vous prie ! cria une voix.

En entendant un cheval, Emma avait cru enfin voir apparaître son improbable fiancé, cependant, cette voix appartenait à une femme. Le visage du Régent s'assombrit et Charlotte se mordit les lèvres pour ne pas éclater de rire. Tous les invités détournèrent la tête pour cacher leur sourire car le Régent avait vraiment l'air contrarié. La cavalière, une femme d'environ soixante-cinq ans, devait avoir passé sa vie à manger et à profiter des avantages de sa noble naissance à en juger par son embonpoint et sa figure empâtée. Elle portait une ample jupe écarlate et, Emma ne rêvait pas, cette jupe était ouverte en deux sur une culotte et des bottes d'homme. Elle arrêta son cheval dans un cabrement et sauta à terre avec l'aisance du plus expérimenté des mousquetaires malgré son poids. Son tricorne à plumes glissa un peu sur le côté.

— Mère, vous avez chevauché depuis Saint-Cloud ? Je vous avais pourtant envoyé un carrosse, dit le régent après avoir salué la cavalière d'un baisemain.

Ainsi, c'était elle la mère du Régent ! La fameuse Palatine ! Emma comprit pourquoi les autres l'évoquaient avec animation. La Palatine n'engendrait effectivement pas la mélancolie. Emma chercha la duchesse d'Orléans des yeux. Si quelqu'un devait être plus contrarié que le Régent, c'était bien son épouse. Elle et la Palatine étaient aux antipodes l'une de l'autre, et Emma sourit en songeant à l'ambiance explosive qui devait régner pendant les réunions de famille. Elle en eut très vite un échantillon.

— Un carrosse ! s'écria la Palatine en balayant cette idée saugrenue d'un revers de sa main potelée. Qu'ai-je à faire d'un carrosse ? Je ne suis pas encore impotente, que je sache ! Poussez-vous donc, Philippe, que j'embrasse ma petite-fille adorée.

Elle attrapa Charlotte et la serra dans ses bras à l'étouffer.

— Bonne fête, ma chérie. Ton père s'apprêtait à faire un discours, je présume. Heureusement que je suis arrivée. Je veux être la première à t'offrir ton cadeau : une rente de mille livres par an. Non, ne me remercie pas, c'est tout naturel. Tes aînées l'ont déjà et tes cadets l'auront.

— Mère, je dois… commença le Régent.

— Ta, ta, ta, on n'interrompt pas sa mère quand elle parle, Philippe. Et votre discours attendra, Charlotte doit recevoir ses autres cadeaux.

— Mère, si vous voulez bien… retenta le Régent.

— Mon cher Philippe, vous m'agacez, répliqua la Palatine en traversant le groupe des invités comme un navire fend la mer. Je veux embrasser mes autres petits-enfants. Où sont-ils ? Ah, les voilà ! J'ai eu peur un instant que vous me les cachiez, ma chère belle-fille. Mais il en manque ! Élisabeth et Philippine font la sieste ? À seize heures ? Fichtre, je reconnais bien là une basse manœuvre pour m'empêcher de les embrasser. Et où est mon unique petit-fils ? Si vous l'avez envoyé à la guerre, je ne vous le pardonnerai jamais, Philippe, vous voilà prévenu. Tudieu, quelle folie de le nommer capitaine à dix-sept ans ! C'est encore un enfant, qu'avez-vous donc en tête, mon fils ?

— Mère, je dois absolument vous parler, insista le Régent.

Avec les autres invités, Emma suivit Charlotte jusqu'à une grande table couverte de paquets. Tandis qu'elle déballait des boîtes contenant des livres, des accessoires de mode et des bijoux, Emma alla faire signe au chef qui n'attendait que cela pour faire une entrée triomphante sous les applaudissements. Emma n'avait pas menti en disant qu'elle savait faire des gâteaux. Celui-ci était constitué d'une pyramide de fondants au chocolat, dont le dernier avait la forme d'une couronne, et le tout était recouvert de chantilly parsemée de boutons de rose délicats.

— Oh, regarde cette merveille ! s'écria la Palatine. Servez Charlotte, chef, mais réservez-moi la deuxième part.

— Mère, vous ne goûterez ce gâteau que lorsque vous m'aurez écouté ! s'écria le Régent en se plantant devant la Palatine, poings sur les hanches.

Il jeta un regard à la ronde puis emmena sa mère à l'écart.

Emma s'attendait à des remerciements de Charlotte mais la princesse se contenta d'un signe de tête et d'un sourire à peine esquissé quand le chef posa le gâteau devant elle. Déjà, le matin, Charlotte l'avait ignorée. La présence de ses parents devait l'obliger à garder ses distances. Et c'était bien dommage, car une fois ses titres de propriété en poche, Emma n'avait pas l'intention de traîner dans les parages. Sitôt les d'Orléans réveillés, ils ne tarderaient pas à comprendre, et elle espérait avoir mis assez de distance entre eux et elle à ce moment-là. Elle était donc déçue de ses derniers moments avec Charlotte.

Muni d'un grand couteau, le chef entreprit de couper le gâteau. En découvrant le chocolat sous la chantilly, tout le monde se lécha les babines. La première part revint à Charlotte, qui attendait que chacun soit servi pour la déguster. Une dizaine de parts avaient été distribuées quand la Palatine revint.

— À moi la prochaine, chef ! lança-t-elle. Plus grosse, que diable, je ne suis pas de ces péronnelles qui ne mangent que de la salade pour conserver une taille de guêpe.

Emma vit le Régent et son épouse échanger un regard de connivence. Elle pensait qu'ils attendraient que les autres goûtent le gâteau et s'assurent qu'il était bon avant d'en manger à leur tour, mais après sa mère, le Régent demanda deux parts et en donna une à la duchesse. Emma reçut la dernière part. Elle avait espéré qu'il n'en reste plus, hélas, le chef avait pris soin de lui garder une petite tranche.

— Voilà, tout le monde est servi, s'exclama la Palatine. Mange donc, Charlotte, j'ai faim !

Un éclat de rire retentit et Charlotte engloutit une cuillère de gâteau. Emma tressaillit. Et si Charlotte sentait un goût étrange ?

— Oh, délicieux ! s'écria-t-elle. Vous êtes vraiment douée, mademoiselle du Maine. Mangez, mangez, mes amis ! Quelle bonne idée de me faire un cadeau que je peux partager avec tous, mademoiselle, merci beaucoup.

Rassurée, Emma vit les d'Orléans et leurs invités se délecter de son gâteau. Elle faisait semblant de manger et jetait discrètement ses cuillerées dans les buissons. Elle se demandait en combien de temps le somnifère allait agir. Déjà, la Palatine, qui avait pris une part deux fois plus grosse que les autres, montrait des signes de fatigue.

— Ce soleil d'été est assommant, dit-elle, une main sur le front. Je ne sais ce qui m'arrive, la tête me tourne tout à coup.

— Asseyons-nous sur ce banc, grand-maman, lui dit Charlotte en abandonnant son assiette encore à moitié pleine sur une table. Cette chaleur m'accable moi aussi.

Petit à petit les d'Orléans et leurs invités s'assirent à leur tour, incapables de demeurer debout. Au bout de dix minutes, tout le monde dormait profondément. Le Régent fut le dernier à perdre connaissance, écroulé sur une table comme s'il avait trop bu. Emma déambula au milieu des dormeurs pour s'assurer qu'aucun ne se relevait. Soudain, son regard croisa celui des serviteurs, perplexes derrière les tables, et elle se rendit compte que les musiciens s'étaient interrompus.

— Euh… c'est un jeu, expliqua-t-elle. Le premier qui bouge a perdu. Je suis l'arbitre. Profitez-en pour prendre un peu de repos, si vous voulez.

Habitués aux extravagances de la cour et trop contents de cette pause inespérée, les serviteurs et les musiciens s'empressèrent de quitter les lieux. Emma s'arrêta devant le

Régent. Elle lui retira son tricorne tout en lui parlant, bien qu'il ne pût l'entendre.

— Tel est pris qui croyait prendre, Votre Altesse. C'est dommage, j'aurais aimé voir votre fils pour lui dire, ainsi qu'à vous, que votre coup est manqué, vous devrez vous passer de moi et de ma fortune. Je vous emprunte votre chapeau, j'en ai besoin. Adieu, Votre Altesse !

Et, s'efforçant de ne pas courir, Emma se rendit aux appartements des d'Orléans.

Comme elle s'y attendait, deux mousquetaires faisaient les cent pas devant la porte. Mais Emma avait tout prévu.

— Son Altesse le Régent m'envoie ranger son chapeau.

— Donnez-le-moi, mademoiselle, je le mettrai dans la chambre de Son Altesse, répondit un mousquetaire.

— Merci, Son Altesse demande qu'il soit rangé sur l'étagère spéciale dans son armoire à chapeaux. J'espère que vous savez laquelle, car Son Altesse tient particulièrement à ce tricorne offert par son épouse.

Le mousquetaire blêmit.

— Un cadeau ! s'exclama-t-il en ouvrant la porte. Je vous en prie, mademoiselle, allez-y vous-même. Je n'y connais rien en fanfreluches et je ne voudrais pas désobliger Leurs Altesses.

— C'est plus prudent, en effet, dit Emma. Je ferai savoir au Régent combien vous êtes respectueux et efficace. Merci, monsieur.

Emma était venue deux fois chez les d'Orléans, mais sans voir le bureau du Régent. Elle entendit des gazouillis et des rires de petites filles en passant devant une pièce fermée et se souvint qu'il s'agissait de la chambre de Philippine. Élisabeth devait jouer avec elle. Emma traversa plusieurs salons sur la pointe des pieds, car même si les d'Orléans étaient absents, leurs serviteurs particuliers continuaient de travailler. Elle craignait surtout de se retrouver face à Odile, qui lui avait bien recommandé de ne jamais remettre les pieds chez les d'Orléans. Elle ne la vit nulle part, mais malgré ses précautions, elle croisa quatre serviteurs. Emma prit un air déterminé en montrant le chapeau pour expliquer sa présence et, à son grand soulagement, personne ne la questionna. Enfin, Emma avisa une grande pièce baignée de soleil avec d'épais tapis, des fauteuils et une large table encombrée de papiers, de plumes et d'encriers. Emma s'assura que les serviteurs s'étaient éloignés, pénétra dans le bureau et referma la porte derrière elle.

Son cœur battait à tout rompre. Plus fort que le jour de son arrivée, plus fort que le jour de la promenade, plus fort qu'au moment de verser le somnifère dans le chocolat. Elle savait cependant que personne n'oserait entrer dans cette pièce sans autorisation et qu'elle était tranquille. Mais dans combien de temps les autres se réveilleraient-ils ? Emma abandonna le tricorne sur un fauteuil et se mit en quête du coffret. Après avoir fouillé les tiroirs du bureau sans succès, elle s'intéressa à la bibliothèque qui courait le long des murs. Philippe d'Orléans était un homme érudit, à en juger par les livres d'histoire, de politique et de sciences qu'il possédait. Les livres sur les ancêtres des d'Orléans occupaient une étagère à eux tout seuls. Si le Régent avait caché son coffret, c'était peut-être derrière ces livres, se dit Emma. Sans plus attendre, elle les déplaça un à un et soudain, en tirant sur celui intitulé *Monsieur, frère du roi, ou les Exubérances de Versailles*, elle déclencha un mécanisme qui écarta les dix livres suivants, collés les uns aux autres. Emma n'en croyait pas ses yeux. Il ne s'agissait pas de livres mais de l'ouverture d'une cachette. À l'intérieur, Emma, tout excitée, découvrit des papiers avec des cachets officiels, des sacs de pièces d'or, des bijoux et… un coffret, de la taille d'un gros livre, en argent, et orné de trois fleurs de lys surmontées d'une couronne. Il n'y avait aucun doute, c'était bien le coffret qui contenait ses titres de propriété. Emma eut envie de les voir, de les toucher, mais elle se souvint de la mise en garde du duc du Maine : « Ne tentez pas d'ouvrir ce coffret, surtout, car un mécanisme déclenche la destruction des documents si on le force. » Emma fouilla frénétiquement la cachette à la recherche de la clé. Hélas, le Régent devait la conserver autre part car elle ne trouva rien. Elle n'avait plus le temps de chercher ailleurs, l'heure tournait.

— Tu me rendras ce que tu détiens, car du Maine saura t'ouvrir, dit-elle au coffret avec un sourire de défi.

Elle referma la cachette et posa le coffret sur le bureau. Elle qui d'ordinaire trouvait les robes de cour trop amples et pas du tout pratiques, fut contente d'en porter une ce jour-là. Sa large jupe traînant par terre serait idéale pour dissimuler le coffret. Elle défit quelques rubans ornant ses épaulettes afin d'attacher le coffret autour de sa taille, sous sa jupe. Penchée sur le coffret, elle entreprit de l'enrouler avec les rubans. Son cœur, qui avait retrouvé un rythme normal, faillit s'arrêter net quand une voix s'éleva soudain.

— Pourquoi laisser l'or et les bijoux, mademoiselle du Maine ?

Chapitre 9

La dernière volonté du Roi-Soleil

Emma leva lentement la tête. Dans l'encadrement de la porte se tenait…

— Le duc de Chartres, articula-t-elle dans un souffle. Vous ?

— Moi !

Emma eut envie de lui demander ce qu'il faisait là, cependant, le regard accusateur du jeune homme et sa question sur l'or et les bijoux ne laissait guère de doutes sur ce qu'il pensait.

— Je dois vous faire l'effet d'une voleuse, mais si vous connaissiez toute l'histoire, vous comprendriez mon geste, se justifia-t-elle précipitamment.

— Quel geste ? répliqua Chartres avec raideur. Le vol ou l'empoisonnement ?

— Vous êtes donc passé par les jardins, comprit Emma. Rassurez vous, ces personnes ne sont qu'endormies.

Chartres fit un effort pour contenir sa colère.

— Endormies ? Vous espérez peut-être qu'en vous persuadant que vos victimes dorment, vous atténuerez l'horreur de votre crime abject ?

— Je vous promets que ces gens dorment, assura Emma. Je ne leur ai administré qu'un léger somnifère. Mais au fait, comment savez-vous que je suis responsable de leur état ?

— J'ai su le jour même de notre rencontre que vous vouliez empoisonner un membre de la cour, probablement le Régent, car vous étiez envoyée par le duc du Maine. Souvenez-vous, vous étiez en caleçon quand je vous ai sauvée. J'ai trouvé la fiole et son poison jaune en prenant une robe dans votre malle. J'ignorais en revanche que vous n'hésiteriez pas à tuer plus de quinze personnes pour atteindre votre victime.

— Je vous répète qu'ils dorment, insista Emma. Si vous me laissiez vous expli…

— J'ai vu ce que j'ai vu, coupa Chartres d'une voix forte. Pendant que vous étiez évanouie dans mon pavillon de chasse, j'ai confié votre fiole à Coraline pour qu'elle me révèle ce qu'elle contenait. Elle en a donné une goutte à un rat et le rat est mort en quelques secondes. Et aujourd'hui, vos cadavres jonchent les jardins !

Emma s'accrocha à la table pour ne pas s'effondrer.

— Non, cela ne se peut… C'est impossible, balbutia-t-elle, les yeux exorbités par l'épouvante. Du Maine m'a affirmé que c'était un somnifère. Jamais je n'aurais accepté… Hé, attendez un instant ! Vous croyiez que je voulais assassiner le Régent et vous n'avez rien fait pour m'arrêter ? Vous rendez-vous compte que vous êtes désormais mon complice ? Oh ! loin de moi l'idée de minimiser mon rôle ; j'accepterai avec joie la hache du bourreau si j'ai, sans le vouloir, tué ces pauvres gens, mais vous, Chartres, vous êtes plus coupable que moi car vous saviez que c'était du poison. Fol insensé que vous êtes, pourquoi m'avoir laissé agir ?

Chartres eut un étrange sourire et dit en s'écartant de la porte :

— Son Altesse le Régent va vous répondre.

Philippe d'Orléans entra, complètement réveillé, en pleine possession de ses moyens. Le visage fermé, il fixait Emma d'un regard proche de la haine.

— Surprise de me voir en vie, mademoiselle du Maine ? questionna-t-il d'un ton glacial.

— J'ai oublié de vous dire que j'ai remplacé votre poison par du jus de citron, précisa Chartres.

— Donc, les autres… s'enquit Emma.

— Ils se portent à merveille, personne n'est mort, répondit Chartres. Ils rient, ils dansent et ils chantent.

— Contrairement à vous, pour qui la fête est finie, ajouta le Régent.

— Merci, mon Dieu, soupira Emma sans prêter attention à sa remarque. Mais comment se fait-il… ?

— Qu'ils aient fait semblant d'être morts ? termina le Régent à sa place. Nous leur avons demandé de jouer cette comédie.

Nous savions que vous prépariez mon assassinat ; de qui d'autre une du Maine pouvait-elle souhaiter la mort ? Mais votre condition de simple demoiselle d'honneur ne vous donnant aucune possibilité de vous trouver en ma présence, nous avons décidé de vous offrir l'opportunité de m'empoisonner pendant la fête. Mon épouse vous a envoyée préparer ce gâteau exprès. Nous escomptions que tuer une quinzaine de personnes n'arrêterait pas une du Maine et que vous sauteriez sur l'occasion. C'est ce que vous avez fait.

— Personne ne m'a vue vider la fiole, cependant, dit Emma.

— Détrompez-vous, rétorqua le Régent. Louis est venu m'apprendre ce qui se tramait alors que vous étiez encore chez le duc de Chartres et jamais nous ne vous avons quittée des yeux depuis votre arrivée au palais. Derrière chaque porte, au coin de chaque couloir un mousquetaire, une femme de chambre ou un apprenti chargé de vous surveiller espionnait vos moindres gestes et nous les rapportait. Depuis tout ce temps, vous n'avez pas pu vous moucher sans que nous le sachions. Au fait, bravo pour le coup de la pierre sous le sabot de votre jument, c'était très habile. Mais même si Odile ne vous avait pas mise à la porte, vous n'auriez pu réussir à me tuer ce jour-là car j'étais chez Sa Majesté.

Bref, ce matin, j'ai mis Charlotte au courant de votre criminelle entreprise et de ma décision de vous aider. Elle et tous les invités de la fête avaient pour instruction de tomber en pâmoison sitôt votre gâteau mangé. Seule ma mère ne savait rien, et j'ai bien cru qu'elle allait tout gâcher au dernier moment, heureusement, j'ai pu lui parler juste à temps.

Chartres sourit en imaginant la Palatine débouler au milieu des invités comme un chien dans un jeu de quilles. Le Régent sembla estimer que l'heure n'était pas à la plaisanterie. Il se tourna vers Chartres et lui asséna avec sévérité :

— Elle m'a fait part de son mécontentement à propos de ta nomination au grade de capitaine, jugeant que tu n'es encore qu'un enfant.

Le sourire de Chartres s'effaça d'un coup et Emma oublia un instant le drame dans lequel elle se débattait.

— Vous… vous êtes le fils du Régent ? s'exclama-t-elle abasourdie.

— Louis d'Orléans, duc de Chartres, pour vous servir, répondit Chartres en minant une courbette moqueuse.

— Vous servez surtout votre famille, fit remarquer Emma.

— Tout comme vous servez la vôtre, mademoiselle du Maine, répliqua Chartres en retrouvant son sérieux. Imaginiez-vous un instant que j'allais vous laisser assassiner mon père sans réagir ? Certes, je vous ai caché qui j'étais, j'ai remplacé le poison par du jus de citron et je vous ai conduite à la cour, mais uniquement pour voir jusqu'où vous iriez. Je refusais d'admettre que la jeune fille si aimable et si franche que je venais de rencontrer pût se révéler fourbe et meurtrière. Vous m'avez profondément déçu, mademoiselle.

— Qu'attendais-tu d'une du Maine, Louis ? gronda le Régent, exaspéré par cet accès de sensiblerie.

— Je suis soulagée et heureuse de votre intervention salvatrice, monsieur de Chartres, reprit Emma. Je vous jure néanmoins que je n'avais nullement l'intention de tuer votre père ni personne d'autre. Je le jure sur ma vie, répéta-t-elle devant les mines incrédules des deux autres. Je ne sais rien de vos différends avec les du Maine, je… je ne suis même pas une du Maine.

Emma avait baissé la tête en avouant son mensonge mais la releva aussitôt. Il n'y avait pas qu'une seule coupable dans cette pièce : les d'Orléans aussi avaient des choses à se reprocher et elle était bien décidée à jouer cartes sur table à présent qu'elle n'avait plus rien à perdre.

— C'est encore pire que je ne pensais, lança le Régent avec dégoût. J'aurais pu comprendre que vous défendiez votre famille, mademoiselle, mais vous n'êtes qu'une vulgaire mercenaire, une tueuse professionnelle. Combien du Maine vous paie-t-il pour ce joli travail ?

— Je ne suis pas une tueuse, Votre Altesse, répondit Emma en rassemblant tout son courage. Je suis ici pour reprendre ce que vous m'avez volé. J'imagine que vous savez qu'il manque une prisonnière à la Bastille. C'est moi, Emma d'Aléas !

Elle avait lancé son nom comme un défi et s'attendait à ce que les deux d'Orléans s'insurgent, réfutent toute accusation ou qu'ils se réjouissent de la tenir de nouveau à leur merci, mais le Régent et son fils se contentèrent de lever des sourcils étonnés.

— Et qu'est-ce que mon père vous aurait volé ? demanda Chartres.

— Ne faites pas semblant de ne pas comprendre, répondit Emma d'une voix frémissante de colère. Je connais tout votre complot. Votre père a confisqué mes biens et m'a fait embastiller dans le but de briser ma volonté afin que j'accepte de vous épouser.

La réaction de Chartres la stupéfia. Il la fixa avec des yeux ronds quelques secondes puis se mit à rire à gorge déployée. S'il jouait l'innocence, Emma dut admettre qu'il était excellent comédien. Entre deux crises de rire, il parvint à articuler :

— Ainsi, le fils de l'homme le plus puissant du royaume de France, jeune gentilhomme intelligent et cultivé, très beau garçon de surcroît, et que toutes les princesses du monde rêvent d'épouser, a besoin que son papa enlève et séquestre une jeune fille pour en faire sa fiancée ?

Le Régent, lui, ne riait pas du tout.

— Il suffit, Louis, ordonna-t-il en contournant son bureau.

Il éloigna Emma comme on chasse une mouche et posa la main sur son coffret.

— Dites-moi, mademoiselle… d'Aléas, c'est bien cela ? Qui vous a conté ce tissu d'âneries ? Non, laissez-moi deviner. Le duc du Maine, n'est-ce pas ? Comme mon fils vient de vous le dire, je reçois chaque semaine des propositions de mariage pour lui de toutes les cours d'Europe, et une jeune fille de petite noblesse comme vous ne peut rivaliser avec une infante d'Espagne ou une princesse anglaise. Vous n'avez aucun poids politique dans le monde. Et qu'apporteriez-vous en dot ? Un vieux château de province délabré, quelques millions ? Soyons sérieux, mademoiselle. N'y voyez nulle offense, vous possédez l'intelligence, la grâce et la beauté ; des dizaines de petits marquis seront ravis de se prosterner à vos pieds, mais un d'Orléans est de sang royal et doit viser au plus haut.

Emma regarda Chartres, qui détourna les yeux d'un air embarrassé.

— J'ai pourtant bien été embastillée sur votre ordre, Votre Altesse, reprit-elle.

— Comment aurais-je pu donner un tel ordre alors que j'ignorais votre existence ? répliqua le Régent.

Emma lui raconta comment elle avait été arrêtée et enfermée dans la terrible forteresse durant neuf mois.

— Et vous prétendez vous être évadée le mois dernier ? interrogea le Régent. Pourquoi n'en ai-je pas été informé ?

— C'est au gouverneur de la Bastille qu'il faut le demander, répondit Emma.

Elle paraissait si sûre d'elle que pour la première fois, le Régent lui accorda le bénéfice du doute.

— Va me chercher le gouverneur de la Bastille, Louis, dit-il sans quitter Emma des yeux.

— Envoyons un mousquetaire, suggéra Chartres.

— C'est un ordre, capitaine ! aboya sèchement le Régent.

Visiblement contrarié d'être ainsi rudoyé devant Emma, Chartres fit néanmoins le salut réglementaire, tourna les talons et partit remplir sa mission.

— Vous permettez que je range cela ? reprit le Régent en dénouant les rubans qui entouraient le coffret. J'avoue qu'il vaut son pesant d'argent et que vous en auriez tiré un bon prix, mais il renferme un certain document auquel je tiens beaucoup.

— J'y tiens encore plus, car ce document m'appartient, attendu qu'il s'agit des titres de propriété de mon château et de mes terres, rétorqua Emma.

— Vous emportiez quand même le coffret, fit observer le Régent en esquissant un sourire narquois.

— Parce qu'il possède un mécanisme qui détruit son contenu si on tente de le forcer, comme vous le savez fort bien, dit Emma sans se démonter.

— Et comment comptiez-vous l'ouvrir ?

— Le du… Un de mes amis connaît un moyen, bredouilla Emma.

Le sourire du Régent s'accentua.

— Je parie que cet ami s'appelle le duc du Maine. Inutile de répondre, j'ai compris, mademoiselle. Mais vous auriez pu récupérer vos prétendus titres en prenant la clé sur mon cadavre, ajouta-t-il avec ironie.

Il tira une chaîne en argent de sous son jabot de dentelle. Au bout de la chaîne brillait une petite clé ornée du même emblème que le coffret. Il la tendit à Emma.

— Tenez, ouvrez le coffret vous-même, ainsi vous ne pourrez prétendre que j'ai escamoté vos papiers à l'aide de je ne sais quel tour de passe-passe.

Emma hésita. Était-ce un piège ? Une fausse clé qui déclencherait le mécanisme de destruction ?

— Nul ne peut faire attendre le régent de France, mademoiselle, insista Philippe d'Orléans. J'aurais pu vous renvoyer à la Bastille d'un claquement de doigts, pourtant j'ai accepté d'écouter votre histoire. C'est à vous, maintenant, de faire un pas vers moi. Ouvrez ce coffret.

D'une main tremblante, Emma saisit la clé et l'introduisit dans la minuscule serrure du coffret. Elle prit une profonde inspiration et la tourna avec une grimace d'anxiété, s'attendant à voir le coffret lui exploser à la figure. Un petit déclic résonna et le coffret s'ouvrit sans difficulté.

— Examinez-le soigneusement, vous constaterez qu'il n'y a aucun mécanisme de destruction, dit le Régent comme un magicien présentant son numéro.

Emma n'eut besoin que d'un coup d'œil pour voir que le coffret était tout à fait normal. À l'intérieur, il y avait une lettre pliée en quatre entourée d'un ruban rouge avec un énorme cachet de cire frappé d'une fleur de lys.

— Lisez, ordonna le Régent. Vérifiez si ce sont vos titres.

— Mais si cette lettre vous concerne, je ne voudrais pas... commença Emma.

— Vous ne surprendrez aucun secret, coupa le Régent exaspéré. Tout le royaume connaît la teneur de ce document… À part vous, de toute évidence.

Emma dénoua le ruban et déplia la lettre. Elle était composée d'un petit paragraphe. L'auteur avait une très belle écriture pleine de déliés et d'élégance. À plusieurs endroits, néanmoins, certains mots étaient hésitants, un peu de travers, comme si la main qui avait tenu la plume présentait quelques défaillances.

— La personne qui a écrit cela était souffrante, devina Emma.

— Lisez et vous comprendrez, répondit le Régent.

Et Emma lut :

« Par la présente, je désigne mon neveu, Philippe II, duc d'Orléans, régent de France et de Navarre. Il aura en charge les affaires du royaume au nom de mon successeur, Louis XV, et ce jusqu'à la majorité de celui-ci.

Je reconnais en Philippe le seul homme qui saura gouverner avec intelligence, sagesse et respect de l'héritage que je laisse en sa garde.

À lui de veiller également à l'éducation et à la formation de mon successeur au difficile métier de roi.

Si, néanmoins, Dieu décidait de rappeler Philippe à lui avant la fin de la régence, Louis Auguste de Bourbon, duc du Maine, se verrait confier cette charge.

Ceci est ma dernière volonté.

À Versailles, le 27 août 1715
Louis XIV, Roi de France »

— Le 27 août 1715, répéta tristement Emma.

— Cinq jours avant sa mort, confirma le Régent. Vous comprenez pourquoi la plume a tremblé par moments. Mais malgré la grave maladie qui devait l'emporter quelques jours plus tard, mon oncle avait toute sa tête et cette dernière volonté est tout à fait recevable. Le parlement l'a approuvée sans réserve. Du reste, j'étais le candidat idéal pour assurer ces lourdes responsabilités. Mon oncle a longtemps hésité, mais sentant sa fin proche, il a fini par l'admettre. Vous en avez la preuve sous les yeux.

Emma prit soudain conscience qu'elle tenait entre ses mains la dernière lettre du grand roi et elle se sentit tout émue. Elle la replia avec précaution, noua le ruban et la reposa respectueusement dans son écrin. Puis elle referma le coffret et rendit la clé au Régent.

— Le duc du Maine m'a menti pour mieux se servir de moi, maugréa-t-elle entre ses dents. Il n'a jamais été question de mes titres, il voulait que je vous tue et que je lui apporte cette lettre.

— Si votre histoire est vraie, c'est en effet ce qu'il semble, dit le Régent.

— Mais pourquoi ? demanda Emma. Quel but poursuit-il ?

— Son but ? s'écria le Régent. Enfin, mademoiselle, son but est évident, il veut tout simplement…

Il fut interrompu par quelqu'un frappant à la porte.

— Entrez, ordonna-t-il.

La porte s'ouvrit sur un mousquetaire qui céda le passage au duc de Chartres. Il était suivi de deux personnages. Le premier, un vieux noble à l'air grincheux, portait perruque, habit de soie et chapeau emplumé ; le second était vêtu d'un uniforme de simple soldat. Il était large d'épaules et avait un visage rude, bien qu'à cet instant, il ressemblât à un condamné qu'on menait au bourreau.

Emma reconnut aussitôt les nouveaux arrivants.

Chapitre 10

Un revirement inattendu

— Monsieur de Bernaville, gouverneur de la Bastille ! s'exclama le Régent en saluant le vieux noble comme s'il se réjouissait de retrouver un bon ami.

Celui-ci ôta son chapeau et balaya le sol de sa plume en s'inclinant.

— Vo… Votre Altesse, bredouilla-t-il

Il trébucha tant il était nerveux. Le soldat, quant à lui, tomba à genoux et fixa le tapis sans oser ouvrir la bouche.

— Père, j'ai déjà pu réunir quelques faits qui tendent à prouver que Mlle d'Aléas nous a dit la vérité, annonça Chartres. M. le gouverneur m'a remis la lettre de cachet ordonnant son arrestation… signée de votre main.

Abasourdi, le Régent prit la lettre. À mesure qu'il la lisait, ses sourcils remontaient sur son front.

— Ceci est un faux, grossier de surcroît, dit-il quand il eut fini.

L'expression de Bernaville signifiait clairement qu'il aurait préféré se trouver n'importe où plutôt que dans cette pièce. Sous l'œil sévère du Régent, il tenta de se justifier :

— Eh bien, il s'agissait de la première lettre de la main de Votre Altesse… je veux dire du premier faux… enfin, du premier ordre de moi pour vous… je veux dire, de vous pour moi… Et… Et je ne connaissais pas votre écriture… J'ajoute que ma vue n'est plus ce qu'elle était avec l'âge… Enfin, voilà, voilà… Il s'agit d'une terrible duperie… On m'a trompé… Ah ! comme je regrette… Ah ! si je tenais le coquin…

— Assez ! coupa le Régent excédé. Qui est ce capitaine Reitre ?

— Oh non ! lui aussi vous est inconnu ? gémit Bernaville qui mesurait toute l'étendue de son malheur. J'ignorais… je croyais qu'il travaillait pour vous… Je…

Il n'y avait rien à ajouter et le gouverneur se tut, tout penaud. Emma, qui avait eu un mouvement de colère en le voyant entrer, ressentait à présent de la pitié pour lui.

— Votre Altesse, M. le gouverneur fut comme moi victime des sombres machinations du duc du Maine, intervint-elle. Je vous conjure de faire preuve de clémence à son égard.

— Mais vous êtes la prisonnière ! s'écria Bernaville, qui ne lui avait prêté aucune attention jusque-là. Si je comprends bien, vous étiez vraiment innocente ! Comme vous êtes aimable de prendre aujourd'hui ma défense ! Je vous demande pardon des torts que je vous ai causés. Oh ! comme je regrette, comme je regrette !

— Tous nos ennuis viennent du même scélérat, répondit Emma qui ne lui en voulait plus du tout. J'ai déjà tout expliqué à Son Altesse.

— Il n'en reste pas moins que vous avez laissé une prisonnière s'échapper sans m'en avertir, reprit le Régent.

— Ceci n'est pas ma faute mais la sienne, Votre Altesse, s'exclama Bernaville en pointant un doigt accusateur en direction du soldat.

À présent qu'il n'était plus le seul mis en cause, il retrouvait un peu d'assurance.

— Expliquez-vous, ordonna le Régent au soldat.

Demeurant à genoux, le soldat fixait toujours le tapis.

— Je suis de garde à l'étage de la cellule de mademoiselle, dit-il d'une voix à peine audible. Au petit matin, nous devons vérifier que les prisonniers se lèvent, ce qui prouve qu'ils sont toujours en vie, vous comprenez ?

— Passons les détails, fit le Régent d'un air concentré.

— Oui, bien sûr, Votre Altesse, s'excusa le soldat. Ce matin-là, quand j'ai ouvert la porte de la cellule de mademoiselle, quelle ne fut pas ma surprise en constatant que la cellule était vide. Mademoiselle avait fait fondre les barreaux de sa lucarne et s'était enfuie à l'aide d'une corde. Ce qui est contraire à tous les règlements, si je puis me permettre, mademoiselle, ajouta-t-il sur un ton de reproche, comme si Emma était la cause de tous ses problèmes.

— Et vous n'avez pas cru bon de prévenir le gouverneur ? questionna Chartres.

— L'an dernier, un de mes collègues a été transféré au château d'If pour avoir laissé un prisonnier échanger des messages avec l'extérieur. J'ignore si vous connaissez le château d'If, Votre Altesse, c'est une prison sinistre et isolée au large de Marseille. Un îlot nu et aride, des rochers partout, aucun arbre, pas même un brin d'herbe. Et à l'intérieur de la prison, aucune fenêtre, des couloirs lugubres. Les tempêtes en hiver, le soleil écrasant en été. Même les gardes se sentent prisonniers là-bas, et je ne tiens vraiment pas à y travailler, non merci. Alors… alors j'ai décidé de me taire, de faire comme si mademoiselle était toujours là. C'était facile : M. le gouverneur ne visite jamais les prisonniers.

— Et pourquoi les visiterais-je ? Ils passent leur temps à se plaindre, se récria le gouverneur.

Le Régent le fit taire d'un regard et ordonna d'un signe au soldat de poursuivre.

— J'ai caché la corde sous le lit et j'ai continué mon service comme si de rien n'était, partageant la soupe de mademoiselle dans les écuelles des autres. Vous comprenez, il s'agissait d'une jeune fille que personne ne venait voir, je ne pouvais pas savoir qu'elle avait tant d'importance.

— Cela relève du tribunal militaire, soldat, lança le gouverneur avec hauteur. Savez-vous que vous pourriez être accusé de complicité ?

— Et de quel tribunal relève le crime d'emprisonner une innocente ? demanda tout à coup Chartres.

Le gouverneur eut l'air d'avoir avalé un seau de glaçons.

— Il suffit, intervint sèchement le Régent.

Chacun se tourna vers lui et attendit sa sentence. La fausse lettre de cachet et les témoignages du gouverneur et du soldat établissaient définitivement l'innocence d'Emma. Malgré son soulagement, cependant, celle-ci ne pouvait s'empêcher de s'inquiéter du sort de ses anciens geôliers.

— Relevez-vous, soldat, ordonna le Régent au bout d'une minute de réflexion. Vous aurez besoin de vos deux jambes pour faire le voyage jusqu'au château d'If.

— Votre Altesse, non... supplia le soldat.

— Vous osez protester ? se récria le Régent, scandalisé. Un mot de plus et c'est en qualité de prisonnier que je vous transfère là-bas. Monsieur le gouverneur, vous resterez en poste jusqu'à la nomination de votre remplaçant, après quoi vous rejoindrez l'armée royale sur le flanc est. Vous vous ennuyez à garder tranquillement des prisonniers à Paris ? Cinq ans à garder les frontières vous rendront, je l'espère, votre joie de vivre. Prenez un bon manteau, il vous sera utile dans la neige et la boue de l'hiver.

La sentence était tombée et il n'y avait aucun recours possible. Même Emma savait que le Régent avait été sévère mais juste et elle attendait avec angoisse sa propre condamnation. Courbés en deux, autant pour saluer le Régent que par le poids de l'accablement, le gouverneur et le soldat sortirent à reculons. Quand la porte se referma sur eux, le Régent se tourna vers Emma et lui dit :

— Vous avez été la marionnette du duc du Maine, mademoiselle. Si cela peut vous consoler, vous n'êtes pas la première. J'imagine que neuf mois de prison constituent une punition suffisante, et attendu que personne n'est mort, je vous pardonne bien volontiers.

Soulagée, Emma fit une gracieuse révérence.

— C'est plus que je n'en espérais, merci, Votre Altesse. Je me demande néanmoins où sont mes titres à présent.

— Sans doute là où votre père les a laissés, en votre château d'Aléas, supposa le Régent. Il faudra les chercher dès que vous serez rentrée.

Emma n'en croyait pas ses oreilles.

— Cela signifie-t-il que Votre Altesse m'autorise à quitter la cour ?

— Mon épouse m'a informé que le métier de demoiselle d'honneur n'avait pas l'heur de vous plaire. Charlotte vous apprécie cependant, et elle sera heureuse de vous savoir innocente mais triste de votre départ.

— Son Altesse la duchesse a raison, je ne suis pas faite pour la vie de cour, reconnut Emma. Mais j'apprécie Mlle Charlotte, et avec votre permission, j'aimerais rester son amie.

— Vous l'avez, et vous serez toujours la bienvenue parmi nous, proclama le Régent en agitant une main élégante. Je ne vous retiens pas, mademoiselle, vous avez des bagages à faire, je crois.

Emma eut l'impression qu'un feu d'artifice explosait dans son cœur. Toute cette épouvantable affaire était derrière elle, le Régent n'était pas le monstre décrit par du Maine, le royaume serait bien gouverné, et Louis XV bien élevé. Elle rentrait chez elle et elle s'était fait une amie. Elle en oubliait où elle se trouvait et à qui elle s'adressait.

— J'y cours ! J'y vole ! s'écria-t-elle folle de bonheur.

Elle bondit vers la porte en tournant le dos au Régent sans révérence préalable.

— Un instant ! l'arrêta la voix de Chartres.

Emma se retourna et plia le genou.

— Oh, pardon ! je manque à tous mes devoirs. Vos Altesses, veuillez recevoir l'expression de ma reconnaissance infinie.

— Votre reconnaissance infinie ira-t-elle jusqu'à nous rendre un petit service ? répliqua Chartres amusé.

Emma eut un sourire embarrassé et le Régent demanda :

— Quel petit service, Louis ?

— Père, si vous pardonnez au duc du Maine, chacun saura qu'il peut comploter contre vous en toute impunité. Vous devez donc sévir et frapper un grand coup.

— Certes, j'en ai bien l'intention, confirma le Régent. Hélas, je ne peux le faire pendre sans me mettre la moitié du royaume à dos. Je pourrais lui donner la cellule de mademoiselle à la Bastille, mais comment prouver le complot ? Il niera tout en bloc, achètera des témoins et m'accusera d'acheter les miens.

— Eh oui ! soupira Chartres en secouant la tête d'un air navré. Du Maine est resté dans l'ombre, et la seule que les témoins ont réellement vue agir, c'est Mlle d'Aléas. De cela, tout le monde pourra témoigner sans mentir, et c'est elle qui sera pendue si nous portons l'affaire devant les tribunaux.

— Est-ce là le petit service que vous attendez de moi ? s'écria Emma, choquée. Avouer le crime d'un autre et me laisser pendre afin de conserver toute son autorité à votre père ?

— Je refuse d'user d'un tel procédé, la rassura le Régent. Mon fils délire.

Chartres eut un grand sourire.

— C'est certes une solution qui arrangerait les d'Orléans et les du Maine, ma foi ! s'exclama-t-il. Mais bien entendu, il est hors de question de sacrifier votre vie, mademoiselle. Non, je pensais à une stratégie pour faire sortir le du Maine du bois et le confondre. Et c'est là que vous intervenez. Où du Maine vous attend il ?

— En son château de Sceaux.

— Parfait ! Vous irez donc à Sceaux avec le coffret comme si vous aviez accompli votre mission. Rassurez-vous, je ne serai pas loin avec quelques mousquetaires. Je parie que dès que notre ami apprendra que vous avez administré le poison aux d'Orléans, il dévoilera son vrai visage. Il forcera le coffret et s'emparera de son contenu. Nous aurons alors la preuve de sa forfaiture et nous pourrons l'arrêter.

— Mais il va penser que j'ai tué tous les d'Orléans, dit Emma.

— Oui, c'était son but, il va adorer, répliqua Chartres. Grâce à vous, il sera débarrassé des d'Orléans et deviendra l'unique possesseur de la dernière volonté du Roi-Soleil. C'est précisément pour cela qu'il vous a envoyée à la cour.

Emma allait demander en quoi cette dernière volonté serait utile au duc, mais le Régent parla avant elle :

— Ce plan me semble hautement risqué, Louis. Que fera du Maine lorsqu'il découvrira que le coffret est vide ? Je crains qu'il ne retourne sa fureur contre Mlle d'Aléas.

— Mais le coffret ne sera pas vide, répondit Chartres.

— Si tu crois que je laisserai ce document entre les mains de mon pire ennemi ne serait-ce qu'une seconde, tu as perdu la raison, mon fils, déclara le Régent d'un ton sans réplique.

Chartres eut du mal à cacher sa déception.

— Je vois, soupira-t-il. Dans ce cas, nous devrons fabriquer un faux.

— Penses-tu que du Maine sera dupe ? demanda le Régent avec une moue dubitative.

— Qu'il soit dupe le temps de se trahir, c'est tout ce dont nous avons besoin, répondit Chartres.

— Je n'aurai qu'à lui donner le coffret le soir, suggéra Emma. À la lumière des chandelles, il lui sera plus difficile de voir la supercherie.

— Alors vous acceptez de nous [illegible]er ? s'exclama Chartres avec enthousiasme.

— Si c'est le seul moyen de confondre la duc du Maine, oui, dit Emma, car j'ai moi aussi ma revanche à prendre. Je veux voir sa tête lorsque vous apparaîtrez avec vos mousquetaires.

— Je savais que vous étiez courageuse, se réjouit Chartres en se frottant les mains. Je vous ai vue debout sur un carrosse fou broyé par la tempête.

Il y avait de l'admiration dans ses yeux ; Emma fut heureuse de constater qu'il ne subsistait plus aucun doute à son sujet dans son esprit.

— Ah, jeunesse insouciante ! intervint le Régent. Vous vous amusez à l'idée de jouer un mauvais tour à du Maine comme s'il s'agissait d'un camarade. Dois-je vous rappeler qu'il vous a emprisonnée durant neuf mois, mademoiselle ? Et que m'assassiner avec ma famille et nos amis ne lui cause visiblement aucun problème ? Croyez-vous qu'il se laissera prendre aussi aisément ? Mais vous allez vous jeter dans la gueule du loup, mes pauvres enfants ! Mieux vaudrait que je vous accompagne.

Emma et Louis échangèrent un regard éloquent puis Chartres reprit la parole.

— Si vous êtes d'accord avec grand-maman, si vous me considérez toujours comme un enfant, pourquoi m'avoir nommé capitaine ?

— Il ne s'agit pas seulement de votre vie mais de celle de Mlle d'Aléas, répondit le Régent.

Emma fut enchantée d'entendre le Régent s'inquiéter d'elle pour la première fois. Cela l'encouragea à donner son point de vue.

— Avec tout le respect que je vous dois, Votre Altesse, il ne serait guère judicieux de sortir du Palais-Royal pendant que vous êtes, pardonnez-moi l'expression, pendant que vous êtes mort. Vous êtes si célèbre que même déguisé, c'est un énorme risque à ne pas courir. Sceaux n'est qu'à une heure de cheval ; du Maine pourrait savoir que vous êtes en vie avant notre arrivée.

— Je suis d'accord avec Emma, père, appuya Chartres. Vous devez rester caché ici, interdire à quiconque d'entrer ou de sortir, boucler le palais et répandre la rumeur de votre mort dans Paris.

Le Régent chercha un argument pour contrer ceux des deux autres, mais sans succès.

— Quel fardeau d'être si célèbre ! se désola-t-il en se laissant tomber dans son fauteuil. Et ma légendaire distinction naturelle me trahira sous n'importe quel déguisement, vous avez raison.

Il s'éventa avec son mouchoir de dentelle d'un geste las et Emma évita de croiser le regard de Chartres pour ne pas éclater de rire.

— Vous irez donc à Sceaux sans moi, mes enf… jeunes gens, capitula le Régent. Louis, prends vingt mousquetaires.

— Deux suffiront, père, j'ai mon idée et nous devons être discrets, expliqua Chartres.

Le Régent saisit une clochette sur son bureau. Dès qu'il l'eut agitée, un valet apparut à la porte.

— Allez me chercher M. Gilbert Apex, lui ordonna le Régent. Je fais venir mon secrétaire, ajouta-t-il à l'adresse d'Emma. Il écrit à ma place les réponses aux mille sollicitations qui me parviennent de tout le royaume. Vous n'imaginez pas combien de réclamations je reçois chaque jour. Untel veut une place avec peu de travail et beaucoup d'avantages pour son fils ; un autre me demande de juger un différend familial vieux de trois générations ; celle-ci espère que je paierai la réparation du toit de son château sous prétexte que son ancêtre a joué au bilboquet avec Henri III. Mon secrétaire me soulage de ces quémandeurs en contrefaisant mon écriture ; il saura bien imiter celle de mon oncle.

— Quant à nous, nous ferions mieux de nous tenir prêts, mademoiselle, dit Chartres. Dès que nous aurons le faux document, nous partirons. Il faut agir ce soir, car nous ne pourrons garder le secret que la famille d'Orléans est en vie bien longtemps.

— Cela me donne juste le temps de dire au revoir à Mlle Charlotte, regretta Emma. Je descends et je remonte me préparer.

— En remontant, apportez-moi ma part de gâteau, s'il vous plaît, lui demanda le Régent tandis qu'elle sortait. Je n'en ai mangé qu'une bouchée et il est délicieux.

Chapitre 11

La fuite

Charlotte et ses amis furent si heureux d'apprendre qu'Emma était innocente qu'elle devint la reine de la fin de la fête. Seule la duchesse d'Orléans n'avait pas l'air content. Une expression réprobatrice sur le visage, elle déclara que le soleil lui piquait trop la peau, renouvela ses bons vœux à Charlotte et retourna dans le palais en ignorant royalement Emma. Celle-ci s'en moquait bien, elle avait obtenu l'autorisation du Régent de rester amie avec Charlotte et la duchesse n'y pourrait rien.

— Venez, lui dit Charlotte en l'arrachant aux bras de ses admirateurs qui voulaient écouter toute son histoire. Je veux vous présenter ma grand-mère.

Emma se laissa entraîner en dépit de l'heure qui tournait. Terminer son séjour à la cour sur cette note enchantée la ravissait, mais les épreuves qui l'attendaient l'empêchaient de savourer pleinement ces heureux instants. Si seulement elle pouvait éviter d'aller se jeter dans la gueule du loup ! Si seulement elle pouvait rester là et faire la fête avec Charlotte et ses amis ! Emma se sentait toute retournée. Deux heures plus tôt, elle aurait tout donné pour n'avoir jamais mis les pieds à la cour, et à présent, elle regrettait de devoir partir.

— Grand-maman, voici Emma d'Aléas, mon ancienne demoiselle d'honneur et ma nouvelle amie, annonça Charlotte en la sortant de ses tristes pensées. Emma, voici, ma très aimée grand-mère, Élisabeth Charlotte de Bavière, princesse Palatine.

— Vous vous habituerez vite à réduire l'ensemble à la Palatine, comme tout le monde, clama la digne dame tandis qu'Emma lui faisait sa révérence. Ainsi c'est vous la cause de tous ces désagréments que nous avons subis cet après-midi ? Et êtes-vous également responsable du fait que le palais restera fermé jusqu'à demain comme vient de nous le faire savoir les mousquetaires qui cadenassent tous les accès ?

— En partie, madame, et vous m'en voyez désolée, répondit Emma.

— Eh bien ne le soyez pas, répliqua la Palatine. Vous m'offrez le prétexte idéal pour passer la nuit ici auprès de mes petits-enfants, de mon fils… et de sa si charmante épouse, acheva-t-elle avec un sourire féroce.

Puis elle se pencha à l'oreille d'Emma et lui chuchota :

— J'ai appris qu'elle vous détestait cordialement, cela signifie que nous nous entendrons à merveille, ma chère. Les ennemis de mon arrogante belle-fille sont toujours mes amis.

À l'instar des autres, la Palatine et Charlotte voulurent entendre toute l'histoire d'Emma, mais dix-huit heures sonnèrent au clocher de Notre-Dame.

— Je suis navrée, je n'en ai pas le temps, s'excusa Emma en sursautant. Son Altesse le Régent m'a confié une mission et je dois vous quitter.

— Oh, quel dommage ! se désola Charlotte. Je parlerai à mon père si vous voulez, cette mission attendra bien demain.

— Hélas, elle ne peut souffrir aucun délai, il me faut l'accomplir ce soir, répondit Emma. Je vous demanderai, par ailleurs, de n'en souffler mot à quiconque sous peine de tout gâcher.

Charlotte promit de se taire et la Palatine chuchota avec vivacité :

— Êtes-vous en train de nous dire que vous avez le droit de sortir du palais, vous ? Que mon fils qui ce matin voulait vous faire pendre, vous confie ce soir une mission de confiance ? Mazette, mais vous devenez plus intéressante d'heure en heure, très chère. Il faudra venir me rendre visite en mon château de Saint-Cloud.

— Avec grand plaisir, Votre Altesse, répondit Emma, enthousiaste.

Elle estima préférable de ne pas mentionner le duc de Chartres. La Palatine entrerait sans doute dans une colère dont le bruit atteindrait Sceaux en apprenant que son unique petit-fils allait risquer sa vie.

Après avoir remercié et salué tout le monde, Emma récupéra la part de gâteau du Régent et l'emporta dans le palais.

— Étrange… Ce gâteau semble jouer un grand rôle dans cette aventure, commenta la Palatine.

La Palatine se trompait. Emma s'était simplement souvenue de la demande du Régent et lui apportait son gâteau avant d'aller se préparer.

— Vous tombez bien ! s'exclama le Régent quand Emma entra dans son bureau. Mon secrétaire a fait du bon travail, regardez.

Il lui tendit la fausse lettre. Si Emma n'avait pas eu le vrai document sous les yeux, elle aurait pu croire qu'il s'agissait réellement de la dernière volonté de Louis XIV. Seuls les cachets de cire différaient. La fleur de lys était à l'envers sur celui du faux. Emma se dit que le Régent ne voulait pas courir le risque de confondre les deux lettres.

— Votre secrétaire est doué, reconnut-elle.

— Trop, peut-être, songea tout haut le Régent en se calant confortablement dans un fauteuil pour déguster son gâteau. Si je n'avais pas une entière confiance en lui, je me méfierais de son don de faussaire. Quand on y réfléchit, cet homme pourrait déclencher une guerre d'un trait de plume.

— La bataille dans laquelle cette lettre va nous entraîner me suffit amplement, soupira Emma.

— Vous avez peur ? voulut savoir le Régent.

— Non ! affirma Emma avec fierté. Enfin… peut-être un peu, avoua-t-elle en baissant les yeux.

— Parfait, dit le Régent. Les gens trop sûrs d'eux sont des imbéciles. La peur est un bon garde-fou à condition de ne pas la montrer aux autres et de ne pas la laisser vous envahir.

— Je m'efforcerai de la dompter, Votre Altesse, promit Emma.

Une heure plus tard, Emma avait revêtu une robe simple et s'enveloppait dans sa cape de voyage lorsqu'un mousquetaire frappa à sa porte.

— Le capitaine Chartres attend mademoiselle, annonça-t-il.

Emma prit le sac dans lequel elle avait glissé le coffret d'argent et la fausse lettre et suivit le mousquetaire. Elle avait laissé ses bagages. Censée s'être enfuie du Palais-Royal, elle ne pouvait arriver à Sceaux avec toutes ses malles. Et puis, elle ne voulait rien garder de ce que le duc du Maine lui avait donné.

Le mousquetaire la mena dans des parties du palais qu'elle n'avait jamais eu l'occasion de visiter. Des couloirs sombres et sans ornements, des escaliers en bois dérobés et poussiéreux utilisés par le personnel. Emma se demanda si le mousquetaire allait la faire passer par l'entrée des serviteurs, mais arrivé au rez-de-chaussée, il s'arrêta si brusquement qu'Emma faillit le percuter.

Ils se trouvaient dans un couloir sans fenêtre éclairé par des torches. Au bout du couloir il y avait une porte d'où s'échappaient des bruits de casseroles et des éclats de voix.

— Que se passe-t-il ? demanda Emma en voyant le valet regarder autour de lui d'un air méfiant. Ce couloir mène aux cuisines ? C'est par là que nous passerons ?

— Trop de témoins, chuchota le mousquetaire en s'emparant d'une torche. Et à présent, plus un mot, s'il vous plaît.

Il fit pivoter la torchère vide et un pan du mur s'ouvrit sur un étroit passage plongé dans le noir.

Emma se mordit les lèvres pour retenir un cri de surprise et s'engouffra dans le passage à la suite de son guide. Celui-ci fit pivoter une autre torchère à l'intérieur du passage et le pan de mur se referma.

Le passage secret, tout en pierres grises, paraissait interminable. La plume du chapeau du mousquetaire frôlait le plafond bas. Sans son guide et la flamme de sa torche, Emma aurait hésité à s'engouffrer dans un tunnel comme celui-ci. Elle s'y sentait plus oppressée que dans sa cellule de la Bastille, avec de surcroît la désagréable impression que jamais elle ne reverrait la lumière du jour. Au bout de dix minutes de marche silencieuse, ils arrivèrent enfin devant une porte. Le mousquetaire colla son oreille contre le panneau.

— La voie est libre, murmura-t-il.

Il leva le bras, et Emma vit une nouvelle torche sur le mur. Le mousquetaire la fit pivoter comme les deux précédentes et la porte s'ouvrit dans un grincement sinistre.

Emma fut soulagée de sortir de l'horrible passage, mais son soulagement fit aussitôt place à une frayeur qui lui arracha un cri. Le visage grimaçant d'une gargouille venait de surgir devant elle. Le mousquetaire s'esclaffa.

— N'ayez aucune crainte, ce démon est en plâtre, expliqua-t-il. Ne comprenez-vous pas où nous sommes ?

Emma vit autour d'elle d'immenses décors peints sur toile, des costumes, des masques, des accessoires d'artistes. Il y avait de la poussière un peu partout. Un mélange d'odeurs de renfermé et de maquillage flottait dans l'air.

— Le théâtre, comprit-elle. Nous sommes dans les coulisses du théâtre.

— Très pratique pour s'extraire discrètement du Palais-Royal ! approuva le mousquetaire. Et il offre une sortie sur la rue. Nous avons de la chance, la troupe est partie à Fontainebleau. Le théâtre est vide.

Ils traversèrent la scène et descendirent dans la salle. Le théâtre vide baignait dans une atmosphère sombre et lugubre. Emma s'efforça de ne pas penser à des histoires de fantômes et suivit le mousquetaire jusqu'à une petite porte à côté de la principale.

— C'est ici que nos chemins se séparent, dit l'homme en ouvrant la porte. Bonne chance, mademoiselle.

Sans autre explication, il referma la porte et disparut dans le théâtre.

Emma se retrouva dans une ruelle déserte au milieu de laquelle un petit carrosse à deux chevaux stationnait.

Elle n'attendit pas longtemps. Le cocher du carrosse lui fit signe d'approcher. Sur le porte-bagages, deux laquais attendaient inutilement les malles de leur passagère.

Emma se demanda si Chartres allait faire le trajet avec elle dans le carrosse, mais le cocher sauta à terre, ouvrit la portière et Emma constata que le carrosse était vide.

— Son Altesse le duc de Chartres nous rejoindra sur la route ? questionna-t-elle.

Le cocher eut un petit rire.

— Son Altesse le duc de Chartres ne vous laissera pas quitter Paris sans sa protection, répondit-il.

Emma le dévisagea. Il avait une cape usée, des bottes crottées, un large chapeau avachi et une moustache mal taillée, mais sa voix ne la trompa pas.

— Chartres ! Décidément, vous avez l'art de me surprendre.

— J'ai toujours aimé me déguiser ! Nos deux laquais sont les mousquetaires qui m'accompagnent, dit Chartres en soulevant son vieux chapeau. Si mademoiselle daigne se donner la peine.

— Oh ! je préférerais voyager près de vous, si vous le permettez, suggéra Emma.

— Comme il vous plaira, dit Chartres, et sous sa fausse moustache, Emma vit qu'il souriait.

Une fois tous deux installés sur le siège du cocher, Chartres fit claquer son fouet et les chevaux se mirent en marche.

Dans Paris, ni l'un ni l'autre ne parla beaucoup. Chartres n'avait pas l'habitude de conduire un carrosse dans les rues remplies de monde et il avait besoin de toute sa concentration. Emma se contenta d'admirer les places et les monuments. En apercevant au loin la Bastille, elle ne détourna pas la tête.

Au sortir de la ville, ils empruntèrent une large route dégagée. Chartres se détendit et mit les chevaux au petit trot.

— Alors la voilà, votre idée, rit Emma. Vous déguiser et prendre la place de mon équipage. Félicitations, vous m'avez bien attrapée.

— Pour mieux attraper les autres, répliqua Chartres. Nous ne pouvions arriver en grand uniforme. Et puis, sans être aussi connu que mon père, je ne peux me rendre à Sceaux sous ma véritable apparence.

— Le duc du Maine vous connaît donc ? s'enquit Emma.

Chartres se raidit.

— Pourquoi affirmez-vous cela ? bougonna-t-il.

— Je ne l'affirme pas, je le devine, expliqua Emma. À la minutie que vous avez portée à votre déguisement, d'abord, au fait que tous les grands seigneurs de la région doivent se côtoyer, ensuite.

— User de la même perspicacité avec du Maine vous aurait évité de nombreux ennuis, rétorqua sèchement Chartres.

Un silence pesant s'installa entre eux. Choquée, Emma se réfugia dans la contemplation du soleil couchant.

— Pardon, reprit Chartres honteux. Vous avez raison, je connais du Maine, fort bien même. Pour tout vous dire, son fils Auguste était mon ami d'enfance. C'est d'ailleurs avec lui que je me déguisais pour échapper à nos gouvernantes et partir en vadrouille. Ah ! combien de fois nos pères ont envoyé les gardes à nos trousses dans les rues de Paris où nous cherchions l'aventure. Auguste était particulièrement doué pour se fondre dans la masse, pour disparaître dans l'ombre, et je me faisais toujours attraper avant lui.

Ces souvenirs amenèrent un sourire nostalgique sur les lèvres de Chartres, vite effacé par des souvenirs plus douloureux.

— Mais tout cela, c'était avant… avant cette triste guerre pour la régence. Du Maine s'est battu avec acharnement pour qu'elle ne soit pas confiée à mon père. Auguste et moi étions affligés de cette situation. Envers et contre tout, nous nous sommes néanmoins promis que la dispute de nos pères ne nous atteindrait pas.

Chartres eut un petit rire amer.

— Promesse bien naïve, soupira-t-il. Vous savez à présent jusqu'où du Maine peut aller dans sa haine contre mon père. Les choses se sont envenimées à un point tel qu'elles nous ont obligés à choisir un camp. Voilà comment j'ai perdu mon ami d'enfance et voilà pourquoi mon visage est si connu à Sceaux. Pardi, j'y étais de toutes les fêtes au temps de l'amitié.

Emma s'en voulait d'avoir été si indiscrète. Visiblement, Chartres regrettait toujours son ami, et se rendre à Sceaux allait raviver le souvenir de bien tristes événements. Pire, Chartres s'apprêtait à arrêter le père d'Auguste pour tentative de meurtre sur son propre père. Comment les deux jeunes hommes pourraient-ils jamais se réconcilier après cela ?

Chapitre 12

Le bâtard

Le reste du trajet ne fut pas très gai. Chartres remuait de sombres pensées et Emma appréhendait de se retrouver face à du Maine. Au bout d'une heure, Chartres tira sur ses rênes au milieu de la profonde forêt qu'Emma commençait à bien connaître.

— Il est temps de prendre votre place, dit-il, nous approchons. Quand nous y serons, faites en sorte que du Maine nous laisse passer la nuit à Sceaux.

Les chevaux s'arrêtèrent et Emma alla s'installer dans le carrosse. Elle entendit Chartres échanger quelques mots avec les deux mousquetaires déguisés en laquais, puis le carrosse se remit en route. La nuit était tombée depuis un moment, Emma ouvrit les vitres pour profiter de la douce chaleur d'été. Elle écoutait les hululements des chouettes et le bruit des feuilles secouées par une brise qui rafraîchissait l'atmosphère. La lune était pleine et énorme, Emma pouvait la voir à travers les feuillages. En tout cas, il n'y aurait pas d'orage cette nuit. Au moment où cette pensée lui vint, Chartres claqua son fouet et les chevaux s'élancèrent au galop. Tout en serrant le coffret contre elle, Emma se raccrocha à ce qu'elle pouvait. Elle savait ce que signifiait cette soudaine précipitation. On arrivait, il fallait donner l'illusion qu'Emma avait quitté la cour en toute hâte, qu'elle avait sauté dans le premier carrosse de louage qui passait et ordonné au cocher de se dépêcher.

– Hooooo ! hurla Chartres une fois devant le château de Sceaux.

Les chevaux hennirent et le carrosse s'arrêta en faisant voler le gravier. Malgré la secousse, Emma parvint à se maintenir sur son siège. Elle vit des fenêtres du château s'éclairer tandis que Chartres ouvrait la portière et dépliait le marchepied. Il l'aidait à descendre quand la porte du château s'ouvrit sur du Maine. Sa robe de chambre mal fermée et sa perruque de travers prouvaient qu'il s'était précipité en entendant le carrosse.

— Que signifient ces manières ? s'écria-t-il. Qui ose se ruer chez moi à cette heure comme un va-t-en-guerre ?

Emma avança dans la lumière du vestibule. Lorsqu'il l'aperçut, l'expression de du Maine changea du tout au tout. Un sourire radieux illumina son visage et ses yeux se posèrent sur le sac qu'elle tenait.

— Emma, vous enfin ! se réjouit-il. Votre spectaculaire arrivée me laisse penser que vous…

Il s'interrompit en voyant le cocher et les laquais l'observer avec curiosité.

— Vous seriez bien aimable de payer ces gens, dit Emma. Je suis partie sans rien emporter et je n'ai pas un sou sur moi. Et permettez-leur de passer la nuit ici, s'il vous plaît, leurs chevaux sont exténués. Ils ont galopé à bride abattue depuis Paris.

— Certes, certes, fit du Maine agacé. Faites le tour, mettez vos chevaux aux écuries et allez aux cuisines, mes braves. On vous payera, on vous donnera une soupe et vous pourrez dormir dans le grenier des écuries.

— Monseigneur est trop bon, dit Chartres en s'inclinant bien bas avec ses deux compagnons.

Il avait déformé sa voix et du Maine le regarda à peine. Tout ce qui semblait l'intéresser, c'était le contenu du sac d'Emma.

Il la conduisit dans le salon de Diane et, sans l'aider à enlever sa cape ou l'inviter à s'asseoir, il claqua la porte et s'écria :

— Alors, vous l'avez ?

— Si vous me permettez de m'asseoir, soupira Emma, j'ai eu mon lot d'émotions, aujourd'hui, entre le somnifère et ma fuite.

Du Maine lui désigna un fauteuil.

— Vous avez donné le somnifère au Régent ? s'exclama-t-il.

— Au Régent, à toute sa famille ainsi qu'à leurs invités, expliqua Emma en s'asseyant, le sac sur les genoux. Voyez-vous, nous fêtions la sainte Charlotte ; il y avait beaucoup de…

— Peu importe, l'interrompit du Maine. Toute la famille d'Orléans a donc goûté votre somnifère ?

— Le vôtre, monsieur, rectifia Emma. Je l'avais mis dans un gâteau.

— Et que s'est-il passé ensuite ? interrogea du Maine avec avidité.

— Eh bien, comme vous l'aviez prévu, ils se sont tous endormis. Ils dormaient encore quand je suis partie.

— Ça, je veux bien le croire ! s'exclama du Maine en se frottant les mains. Je gage qu'ils ne se réveilleront pas de sitôt.

— Comment cela ? demanda Emma d'un air faussement étonné.

— Vous le saurez bien assez tôt, répliqua du Maine. Diantre, toute cette méchante famille d'un coup ? Jamais je n'aurais espéré un tel résultat ! Mes félicitations, mademoiselle. Et le coffret ? Êtes-vous parvenu à le prendre ?

— Serais-je là sans lui ? répondit Emma.

Elle montra le sac.

— Vite, donnez-moi ça ! aboya du Maine en le lui arrachant.

Et sans plus lui prêter d'attention, il sortit le coffret du sac, le posa sur une table, attrapa une dague sur une panoplie qui décorait la cheminée et entreprit de forcer la serrure.

— Prenez garde, fit semblant de s'inquiéter Emma, mes titres seront détruits si vous forcez le coffret.

— Vos titres ? Quels titres ? rétorqua du Maine en tournant frénétiquement la dague dans la serrure.

Emma l'observait avec un léger sourire. Il était tout rouge sous l'effort et s'adressa au coffret :

— Tu ne me résisteras pas longtemps, allez ! Ton maître n'est plus, tu m'appartiens désormais, alors ouvre-toi… je... te… l'ordonne !

Enfin, le coffret céda et le couvercle sauta.

— Mes titres ! s'écria Emma en bondissant. Sont-ils intacts ?

— Il s'agit bien de vos titres, pauvre idiote ! grogna du Maine en la repoussant. Je vous interdis de toucher cette lettre ! Personne n'a le droit d'y toucher, sauf moi.

Emma se rattrapa à un fauteuil pour ne pas tomber.

— Que signifie votre attitude, monsieur ? se récria-t-elle en frottant son épaule endolorie. Vous m'aviez promis mes titres. Qu'est cette lettre ?

— Rien qui vous concerne, répliqua du Maine en parcourant la lettre à la lumière d'un bougeoir. Oui… c'est bien cela, nous y sommes enfin, murmura-t-il avec un sourire satisfait.

Emma craignait qu'il ne s'aperçoive que la fleur de lys du cachet avait la tête en bas. Elle décida de le faire parler pour détourner son attention.

— Si je comprends bien, il ne fut jamais question de mes titres ; vous vous êtes servi de moi dans le seul but de récupérer cette lettre.

— Et vous avez parfaitement joué votre rôle, mademoiselle, s'exclama du Maine en brandissant la lettre comme un trophée. Vous avez réussi au-delà de toutes mes espérances en me débarrassant aussi des d'Orléans. Que leurs âmes brûlent en enfer !

— Comment cela ? bredouilla Emma qui faisait à peine semblant d'être prise de panique tant du Maine commençait à lui faire peur. Les d'Orléans vont se réveiller, n'est-ce pas ?

— Pas dans ce monde, répondit du Maine avec une expression mauvaise. Autant que vous le sachiez, mademoiselle, ce somnifère était en réalité un poison foudroyant. En croyant les endormir, vous les avez tués. Oh, non ! ne prenez pas cet air épouvanté, vous avez rendu un immense service à la France. Toute cette descendance de Monsieur, frère du roi, aurait fini par ruiner notre beau royaume. Ils étaient à moitié dégénérés, vous vous en êtes rendu compte. Quant à leurs courtisans, ils ne valaient pas mieux qu'eux, ne vous désolez donc pas de leur trépas non plus. Figurez-vous que dès sa nomination, la première décision de Philippe fut d'arrêter de faire la guerre et de vivre en paix avec nos voisins. Il voulait faire du commerce avec les Anglais, les Espagnols, les Italiens, que sais-je encore ? Il appelait ça le progrès. Le progrès, je vous demande un peu ! Et c'est ce genre d'élucubrations qu'il voulait mettre dans la tête de notre petit roi. Déjà il avait réussi à convertir Louis XIV à ces folles idées. Tous les témoins vous le diront, sur son lit de mort, le Roi-Soleil a demandé à son arrière-petit-fils de moins faire la guerre que lui ! Vous vous rendez compte ? Philippe d'Orléans était un danger pour l'avenir du royaume. Mieux vaut pour Louis XV et pour la France qu'il soit mort, croyez-moi.

— Pour Louis XV, pour la France… et pour vous, insinua Emma. Je suis désolée mais je ne comprends toujours pas en quoi cela vous importe tant.

Du Maine la dévisagea.

— Décidément vous êtes vraiment ignorante, ricana-t-il. Les gens ignorants sont les plus manipulables, ils gobent tout ce qu'on leur raconte. Vous avez cru que Philippe d'Orléans avait donné l'ordre de vous arrêter afin de vous obliger à épouser son fils, vous avez cru que j'étais l'artisan de votre évasion et que je voulais vous aider à recouvrer votre liberté et vos biens. Sachez, mademoiselle, que votre fortune est dérisoire comparée à celles de la haute noblesse et que Philippe d'Orléans n'a probablement jamais entendu parler de vous. C'est moi qui vous ai fait embastiller pour mieux vous délivrer et gagner votre confiance. Voyez-vous, j'avais besoin d'une personne inconnue mais assez distinguée pour s'introduire à la cour. Dès que Louis XIV a signé cette lettre, sa santé se détériorant rapidement, j'ai compris que je devrais agir vite. J'ai cherché dans les registres de la noblesse du royaume une jeune fille sans famille. Une jeune fille dont personne ne se souciait et qui verrait en moi un ami, un protecteur. Et je vous ai trouvée, Emma d'Aléas, jeune héritière dont le père venait de mourir, orpheline esseulée dans un château perdu oublié de tous. Votre père, je peux vous l'avouer aujourd'hui, je ne l'ai jamais rencontré, encore moins sur les champs de bataille. Regardez mon pied, c'est de naissance, vous avez vraiment cru que j'avais eu une carrière militaire ?

Emma s'en voulut. Ce seul détail aurait dû lui mettre la puce à l'oreille.

— Bref, poursuivit du Maine, j'ai engagé des hommes et monté cette histoire de mariage forcé de toutes pièces pour que vous haïssiez d'Orléans autant que moi. Aveuglée par votre haine, vous croyant ruinée et aux abois, vous n'aviez plus d'autre choix que de me faire confiance. À partir de cet instant, vous manipuler fut un jeu d'enfant.

Emma sentit une bouffée de colère l'envahir. C'était contre du Maine que sa haine se dirigeait à présent. Le Régent lui avait ouvert les yeux, mais entendre toute l'atroce vérité de la bouche de du Maine la rendait malade. Elle se sentait bafouée, humiliée, et surtout bien naïve et complètement stupide. À présent, cependant, les rôles étaient inversés. C'est elle qui manipulait du Maine, et du Maine ne se doutait de rien. C'est dans cette douce vengeance qu'elle puisa la force de maîtriser sa colère et de ne pas exploser.

— Je ne vois toujours pas en quoi la mort du Régent vous sert, dit-elle avec une froideur qui impressionna du Maine.

— En quoi sa mort me sert ? répéta-t-il en lui montrant la lettre. Non, ne la touchez pas, lisez seulement. Lisez le nom du remplaçant de Philippe d'Orléans si celui-ci venait à trépasser avant l'heure. Louis Auguste de Bourbon. Je vois à votre regard vide d'expression qu'il me faut décliner tous ses titres. Louis Auguste de Bourbon, duc d'Aumale, comte d'Eu, mais avant tout… duc du Maine !

Emma ouvrit des yeux ronds.

— Vous ? articula-t-elle dans un souffle. Louis XIV vous accordait sa confiance ? Pourquoi ? Vous n'étiez même pas de sa famille.

— Pas de sa famille ? hurla du Maine en donnant un coup de poing sur la table qui fit sursauter le coffret et vaciller les bougeoirs. Apprenez, petite sotte, que j'étais plus proche de lui que Philippe d'Orléans ; plus proche que le petit Louis XV lui-même. Apprenez que je suis son fils !

L'absurdité de cette révélation faillit déclencher un fou rire chez Emma mais les traits crispés de du Maine et ses yeux qui lui sortaient de la tête lui firent comprendre qu'elle avait affaire à un fou. Elle s'efforça de garder son calme.

— Enfin, vous ne pouvez pas être le fils de Louis XIV, c'est impossible, vous le savez, dit-elle avec prudence. Réfléchissez… Si vous étiez son fils, vous lui auriez succédé.

Du Maine eut un rire sans joie.

— Allons, même une campagnarde comme vous sait que les bâtards d'un roi n'ont aucun droit, grogna-t-il.

Emma eut l'impression qu'une lumière s'allumait quelque part dans son esprit. Elle comprit enfin. Toutes les vaines manigances de du Maine, tout le pathétique complot s'expliquaient soudain.

— Bâtard, murmura-t-elle. Quel affreux mot !

— Il vous déplaît ? grogna du Maine. C'est celui par lequel me désignent mes ennemis. Je suis le fruit des amours de Louis XIV avec Madame de Montespan. La reine Marie-Thérèse ? Peuh ! Un mariage politique que mon père a contracté par obligation et sans amour. Malheureux en mariage, il a toujours eu des maîtresses, mais son véritable amour, le seul de sa vie, ce fut ma mère. Durant près de vingt années, elle a quasiment régné à ses côtés. Elle était plus qu'une reine à ses yeux, et moi, de tous ses enfants légitimes ou illégitimes, j'étais son préféré. Il m'aimait tellement qu'il m'a officiellement reconnu et offert tous mes titres de noblesse. De son vivant, j'avais les mêmes privilèges que ses enfants les princes. Cela faisait grincer pas mal de dents à la cour, en premier lieu celles de la famille royale. Et dans cette famille, les d'Orléans étaient les plus hargneux. Neveux du roi, ils ne supportaient pas qu'un bâtard ait plus de droits qu'eux. Et pourquoi pas ? Ils n'ont eu qu'à naître, eux ! Moi, j'ai gagné ma place grâce à mes talents, mon intelligence et malgré ma patte folle. Mon père savait que je valais plus que tous les autres réunis. Il me savait si doué qu'il m'avait désigné régent. Eh oui ! c'est moi qui devais occuper ce poste prestigieux. C'était une manière pour mon père de me voir un peu lui succéder, car un régent a tout le pouvoir royal et j'aurais exercé ce pouvoir pendant des années, le temps que Louis XV grandisse. Ah ! je riais déjà en songeant à toute cette noblesse orgueilleuse obligée de s'incliner devant moi. Mais profitant de sa maladie et de sa faiblesse, mes chers cousins ont harcelé mon père et l'ont persuadé de renoncer à ce projet. Ils prétendaient que les autres rois refuseraient d'adresser la parole à un bâtard, que les Français ne voudraient pas d'un régent comme moi, qu'ils n'accepteraient pas que j'éduque le nouveau roi. Ils ont agité les spectres du scandale et de la guerre. Et ils avaient le parlement de leur côté. Alors pour calmer les esprits et maintenir la paix en son royaume, mon père a cédé. À contrecœur, il a désigné cet imbécile de Philippe. Pourtant, vous avez lu sa dernière volonté, son choix était clair, n'est-ce pas ? La nomination de Philippe était une farce. Ses bals et ses dentelles, voilà tout ce qui l'intéresse. Aucun sens politique, aucune autorité. Mon père savait qu'il ne tiendrait pas longtemps et que j'obtiendrais rapidement la régence.

Du Maine agita la lettre au-dessus de sa tête et s'exclama d'un ton de dément :

— Et il avait raison ! Grâce à vous, mademoiselle, me voici régent de France, et avec cette dernière volonté de mon père, nul ne pourra le nier ! Voilà pourquoi je voulais tant cette lettre. Je ne pouvais prendre le risque que quelqu'un la détruise. Elle prouve sans contestation possible au monde entier que c'est moi le régent. Même le parlement ne pourra s'y opposer cette fois !

Emma en savait assez. Il était temps de laisser le champ libre à Chartres et ses hommes. Lentement, elle recula vers la porte.

— Puisque ma mission est accomplie, permettez-moi de me retirer, dit-elle.

Elle crut que, tout à la contemplation de la lettre, du Maine ne l'écoutait plus, mais elle avait tort. D'un bond, il sauta sur une clochette posée sur le bureau et l'agita en appelant :

— Auguste ! Auguste !

Emma avait atteint la porte. Au moment où elle l'ouvrit, un jeune homme apparut et lui barra le passage. Il était grand et mince avec un beau visage aux traits fins et de longs cheveux blonds.

— Mon fils, Auguste, dit du Maine qui semblait avoir retrouvé son état normal.

Emma ne fut pas surprise. Chartres lui avait parlé d'Auguste du Maine ; il n'y avait rien d'étonnant à le croiser chez son père.

— Bonsoir, monsieur, lui dit-elle avec toute la politesse dont elle était capable en cet instant. Votre père et moi avons traité une affaire qui est maintenant terminée. Ma présence n'est plus requise ici, alors si vous le permettez…

Elle fit un pas en avant, mais Auguste ne bougea pas d'un pouce et du Maine reprit :

— Vous vous méprenez, mademoiselle, notre affaire n'est pas tout à fait terminée, j'ai encore besoin de vous.

Le sang d'Emma ne fit qu'un tour et elle sentit ses joues en feu. Elle se retourna, sourcils froncés et poings serrés.

— Vous avez un certain toupet, s'insurgea-t-elle d'une voix outrée. Jamais, entendez vous, plus jamais je ne vous rendrai le moindre service. Plus jamais je ne souhaite me retrouver dans la même pièce que vous. Adieu, monsieur !

Malheureusement, Auguste l'empêchait toujours de sortir. Il aurait été inutile d'espérer le pousser. Mais la porte n'était pas la seule issue.

— Et qu'attendez-vous encore de moi ? reprit Emma en glissant subrepticement vers la fenêtre la plus proche.

— Dame, il va bien falloir livrer la meurtrière des d'Orléans à la justice ! répondit du Maine sur un ton d'évidence.

— La meurtrière des d'Orléans ? s'écria Auguste qui avait soudain l'air d'avoir reçu un coup de massue sur la tête. Que voulez-vous dire, père ?

— Tu sais que mademoiselle avait pour mission de me rapporter la dernière volonté de ton grand-père, Louis XIV, expliqua du Maine. Eh bien, elle n'a pas trouvé d'autre moyen pour atteindre son but que d'éliminer tous les d'Orléans sur sa route. Même moi, leur pire ennemi, j'avoue qu'elle a un peu exagéré.

Auguste lança à Emma un regard où se lisaient l'épouvante et la haine.

— C'est faux ! se défendit-elle. C'est votre père qui a tout manigancé. C'est lui le vrai meurtrier ; j'ignorais tout, je ne fus que l'instrument.

— Hélas, nous avons choisi une folle pour nous aider, soupira du Maine. Voilà qu'elle délire. Mais toute la cour pourra témoigner l'avoir vue préparer un gâteau empoisonné et s'enfuir juste après la mort des d'Orléans. Paris doit avoir compris à l'heure qu'il est, et demain, tout le royaume sera au courant. Mon Dieu, mon Dieu, si j'avais su ce que cette pauvre illuminée avait en tête…

— Ne l'écoutez pas, monsieur Auguste, dit précipitamment Emma. Il ment.

— Vous traitez mon père de menteur dans sa propre maison ? s'indigna Auguste.

— Tu vois bien qu'elle est folle, renchérit du Maine qui avait du mal à cacher un sourire de satisfaction.

Emma savait qu'elle ne convaincrait pas Auguste. Il ne l'avait jamais vue de sa vie, ne connaissait rien d'elle. Pourquoi la croirait-il ? Pourquoi mettrait-il la parole de son père en doute ? Déjà, sa main se posait sur le pommeau de son épée.

— Une seule question, mademoiselle, murmura-t-il, la voix tremblante. Oui ou non, avez-vous tué les d'Orléans ? Mesurez votre réponse, car si c'est oui, vous ne verrez pas le soleil se lever.

Emma pouvait répondre non et avouer que les d'Orléans étaient bien vivants, mais dans ce cas, c'est du Maine qui la tuerait. Quelle que soit sa réponse, elle allait mourir. Elle estima la distance qui la séparait encore de la fenêtre. Auguste l'aurait embrochée avant qu'elle l'atteigne. Elle se sentit comme un animal pris au piège. Mais où était passé Chartres ?

Cette pensée venait à peine d'affleurer à son esprit que la fenêtre vola en éclats et qu'il déboula, épée brandie. Il profita de la stupeur générale pour désarmer Auguste d'un coup bien placé.

Chapitre 13

Une amitié brisée

— Qu'est-ce qui vous prend, cocher ? s'écria du Maine. Vous êtes fou, vous aussi ?

Auguste, lui, ne fut pas dupe de la ruse employée par son vieil ami.

— C'est le duc de Chartres, père. Ne le reconnaissez-vous pas sous son ridicule déguisement ?

— Ridicule mais bien utile pour s'introduire ici, répliqua Chartres, l'épée toujours pointée.

— Je croyais que tous les d'Orléans étaient morts, dit Auguste, et Emma crut déceler dans sa voix une sorte de soulagement qu'il s'efforçait de cacher.

— Les meilleurs survivent, répliqua Chartres goguenard. Euh… en fait, nous avons tous survécu au poison de ton père.

En quelques mots, il expliqua comment il avait remplacé le poison par du jus de citron, puis Emma se joignit à lui pour raconter ce qui s'était passé à la cour. Du Maine devenait de plus en plus blême à mesure qu'ils avançaient dans leur histoire. Quand il apprit que la lettre était fausse, il la réduisit en morceaux, la jeta à terre et la frappa de sa canne avec une rage impuissante.

— Et puis Mlle d'Aléas a eu la gentillesse de nous aider à obtenir vos aveux, monsieur du Maine, conclut Chartres. La gentillesse et le courage, ajouta-t-il. Bravo, mademoiselle, vous avez été parfaite.

Il s'inclina devant Emma, et Auguste saisit l'occasion pour bondir sur son épée.

— Attention ! cria Emma.

Trop tard, Auguste se tint en garde.

— Je suis tranquille, tu n'oseras jamais me défier, sourit Chartres. Ton père doit répondre du crime de haute trahison. Je suis venu l'arrêter, ne te mets pas en travers de mon chemin.

— Et toi, ne me demande pas de choisir entre lui et toi, rétorqua Auguste.

— Alors tu continues de le défendre malgré son abominable complot ? s'étonna Chartres d'un ton déçu. Il a pourtant failli éliminer toute ma famille.

— C'est ce que prétend cette fille, maugréa Auguste en tapant du pied. Quelle preuve en avons-nous ?

— Votre père m'a tout avoué juste avant votre arrivée, assura Emma.

— Que vaut la parole d'une folle ? cracha Auguste avec mépris.

— J'étais derrière cette fenêtre, j'ai tout entendu, dit Chartres. Me traites-tu également de menteur ou de fou ?

— Moi, je suis descendu avec mon père en entendant des visiteurs arriver et je me tenais dans le couloir où il m'avait dit d'attendre, mais je n'écoute pas aux portes comme une petite servante, répliqua Auguste en relevant un menton digne. Tu es tombé bien bas, mon pauvre Louis. Cette folle t'a retourné l'esprit. Mon père complotant la mort d'une famille entière, réveille-toi un peu, c'est tout bonnement impossible.

— Nous verrons cela devant le tribunal, décida Chartres. Si ton père est innocent, il sera relâché. À présent, laisse-moi faire mon travail, je dois l'arrêter.

— Le duc du Maine, propre fils de Louis XIV, mis aux arrêts une seule minute est un affront insupportable ! cria Auguste. C'est un scandale, une infamie ! Comment oses-tu même le suggérer ?

— C'est un d'Orléans, intervint du Maine en lançant un regard féroce à Chartres. La branche pourrie sur l'arbre généalogique de la famille royale. Jamais un d'Orléans ne sera de notre côté. Regarde-le, il espère que je tenterai de m'échapper pour avoir une bonne raison de me tuer. Mais il oublie que nous sommes deux contre un. Tiens-le en respect, j'attrape une épée.

— Non, père, ce serait un meurtre, répondit Auguste. S'il doit mourir, que ce soit dans un duel en bonne et due forme.

Il salua Chartres dans la plus pure tradition de l'escrime et prononça haut et fort :

— En garde !

— Je refuse de me battre contre toi, dit Chartres d'un air triste.

— N'ajoute pas la lâcheté au déshonneur, répliqua Auguste, menaçant. Allons, défends-toi, ou sur la vie de mon père, je te transperce comme un vulgaire rat malfaisant. En garde !

Il se fendit, épée droit devant, et Chartres sauta sur le côté. Auguste renversa un guéridon sur son passage et fonça sur lui. Comprenant qu'il ne plaisantait pas, Chartres se résigna à se battre. Mais il restait sur la défensive.

Emma regardait les deux garçons avec angoisse. Elle voyait bien que Chartres refusait d'attaquer son ami d'enfance, mais Auguste n'avait pas ce genre de scrupule. Et s'il gagnait ? S'il tuait Chartres ? Emma voulut courir appeler les deux mousquetaires, mais du Maine passa devant elle en la bousculant et décrocha une épée sur la panoplie où il avait pris la dague. Emma trébucha dans la cheminée. En se relevant, elle vit avec horreur du Maine se glisser sournoisement derrière Chartres de son pas claudicant. Sans vraiment savoir ce qu'elle faisait, Emma saisit le tisonnier de la cheminée et se précipita. Elle l'abattit sur le bras de du Maine qui tenait l'épée. Celui-ci poussa un cri de douleur mais ne lâcha pas son arme.

— Maintenant, je peux dire que j'ai été provoqué, lança-t-il en se retournant. Après tout, ramener votre cadavre à Paris fera faire des économies à la justice.

Et il se rua sur elle.

— Laissez-la, espèce de lâche ! hurla Chartres. Honte à vous de vous en prendre à une enfant sans défense.

Enfant sans défense ? Emma avait la ferme intention de lui prouver le contraire. Elle ne resterait pas là à attendre que du Maine l'embroche. Tandis que Chartres rendait enfin coup pour coup à Auguste dans l'espoir de le mettre hors de combat afin de lui porter secours, Emma empoigna le tisonnier à deux mains et para les assauts de du Maine. Elle n'avait jamais ferraillé, son style n'avait rien d'académique, son tisonnier était trop court et trop lourd, mais sa souplesse et sa détente rétablissaient l'équilibre avec le gros du Maine qui manquait d'exercice et boitillait sur sa canne. Comprenant qu'il n'en viendrait pas à bout aussi facilement, il ouvrit la porte en grand et appela :

— À moi, mes gens ! Nous sommes attaqués ! À l'aide !

Quatre serviteurs qui avaient entendu accoururent, mais Chartres lança par la même porte :

— À moi, mousquetaires !

N'attendant que cet ordre, les deux faux laquais sortirent de leur cachette, dégainèrent leur épée dissimulée sous leur livrée et se jetèrent dans la bataille.

— Cette bande de voleurs entend faire main basse sur mes richesses, cria du Maine qui s'escrimait toujours contre Emma. N'ayez aucune pitié, mes amis !

Les déguisements de Chartres et des deux mousquetaires les desservaient à présent. Les serviteurs ne reconnurent ni les gardes royaux, ni le duc de Chartres. Ils se munirent de tout ce qui leur tombait sous la main pour en faire des armes. Craignant de les blesser, les mousquetaires n'osaient pas les attaquer de front. Ce fut une grave erreur. L'un d'eux reçut des coups de gourdin dans la figure et un vase vint se fracasser sur le crâne de l'autre.

— Imbécile, un vase chinois de mille livres ! Tu me le rembourseras sur tes gages ! hurla du Maine à son serviteur tandis que le mousquetaire vacillait, tout étourdi.

Les mousquetaires n'eurent pas d'autre choix que d'user de leurs épées pour maîtriser les serviteurs. Avec quelques fentes adroites, ils en vinrent rapidement à bout. Saignant d'un bras ou clopinant sur une jambe blessée, les serviteurs se rendirent.

— Bande d'incapables, vous êtes tous renvoyés ! leur cria du Maine.

De son côté, Chartres avait pris le dessus sur Auguste qui, hors de lui, se battait mal, commettait des fautes de débutant, baissait sa garde et offrait trop d'occasions à son adversaire. Chartres n'avait pas l'intention de le tuer, néanmoins. À bout de forces et de nerfs, Auguste voulut en finir, et sa lame fendit l'air. Chartres s'accroupit pour l'éviter et faucha les jambes d'Auguste avec son épée. Auguste trébucha, tomba assis dans un fauteuil et Chartres lui mit la pointe de son épée sur la poitrine. C'était terminé, Auguste avait perdu. Le souffla court, les deux anciens amis échangèrent un regard hostile.

— Lâche ton épée, ordonna Chartres.

— Un instant ! l'interrompit du Maine. Si vous tuez mon fils, je tue la folle.

Chartres leva les yeux. Du Maine avait désarmé Emma et la tenait en lui tordant un bras dans le dos, la lame de son épée contre sa gorge.

Chartres lâcha son épée sous l'œil désolé d'Emma. Auguste se releva, un sourire de triomphe éclairait son visage.

— Bravo, père ! s'exclama-t-il. Relâchez nos gens et donnez-nous vos armes, dit-il ensuite aux mousquetaires qui, après un regard vers Chartres, obéirent.

— Faut-il attacher ces malandrins, monseigneur ? demanda l'un des serviteurs.

L'idée parut amuser Auguste. Il ricana et répondit :

— Pourquoi pas ? Cela fera bien rire la cour et le royaume. Prenez les cordons des rideaux, et serrez bien surtout, ce sont de redoutables bandits.

Chartres et les mousquetaires eurent beau protester, décliner leurs noms et leurs titres, les serviteurs ne voyaient que trois voleurs et les ficelèrent sans ménagement, d'autant plus qu'ils avaient une revanche à prendre sur eux.

— Puisque je vous dis que je suis le duc de Chartres ! insista Chartres, la moustache à moitié décollée.

— Mais oui, bien sûr, et moi je suis la Palatine ! répliqua le serviteur qui lui attachait les mains dans le dos.

Ses trois collègues trouvèrent ce bon mot hilarant et éclatèrent de rire. Auguste s'approcha de Chartres.

— C'est ce qu'on appelle l'ironie du sort, je crois. Tu vas connaître l'humiliation que tu voulais faire subir à mon père. Cela prendra bien une semaine avant que ces messieurs de la police établissent ta véritable identité. J'espère que la leçon te sera profitable.

— Ça, tu me le paieras ! vociféra Chartres en se débattant vainement.

Auguste haussa les épaules et se tourna vers son père.

— Vous pouvez relâcher la demoiselle, à présent.

— Tu oublies la mission de Louis, répliqua du Maine avec hargne. Mieux vaut la garder en otage. Si l'idée lui venait de revenir en force…

Auguste écarquilla des yeux effarés.

— Insinuez-vous que vous la tueriez ? Voyons, père, c'est indigne de notre rang.

— La nécessité passe parfois avant le rang, répondit du Maine. Préférerais-tu voir ton père en prison ?

— Et si nous allions tous ensemble nous expliquer devant le Régent ? suggéra Auguste. Ce serait la meilleure solution.

Emma ne put se retenir.

— Votre père se sait coupable, jamais il ne nous accompagnera chez le Régent.

— Taisez-vous, sombre débile ! grogna du Maine. Un mot de plus et…

Il n'eut pas besoin d'en dire davantage, la pression de l'épée sur sa gorge suffit à Emma.

Auguste se mit à faire les cent pas dans la pièce comme un lion en cage.

— Nous ne pouvons garder cette fille en otage, marmonnait-il. Nous sommes la descendance de Louis XIV, que diable ! Nous n'avons pas le droit de nous comporter comme des criminels. Non, il faut aller chez le Régent.

— Assez ! ordonna du Maine. Je suis le chef de famille et tu feras ce que je te dis, Auguste. La demoiselle restera ici tant que ma sécurité ne sera pas totalement assurée. Voyez votre père, Louis, vous savez ce que j'attends de lui. Impunité totale actée et signée, et cette fois, pas de fausse lettre, c'est compris ? Le moindre coup fourré et la petite meurt, vous voilà prévenu.

Malgré sa situation, Emma sentit une nouvelle bouffée de colère monter en elle en s'entendant appeler « la petite ». Ce fut au même moment qu'Auguste prit sa décision. Il saisit un cordon de rideau délaissé par les serviteurs et lentement, s'approcha de son père.

— Te voilà redevenu raisonnable, le félicita du Maine. Attache-lui les mains dans le dos.

Emma croisa le regard d'Auguste et comprit. Le jeune homme leva alors son cordon et...

— Pardonnez-moi, père, mais je ne peux vous laisser commettre cette infamie ! lança-t-il en même temps qu'il désarmait du Maine d'un geste rapide comme l'éclair.

Emma savait qu'elle n'avait qu'une fraction de seconde pour réagir. Elle pirouetta sur elle-même, dégagea son bras et bondit sur le côté tandis que l'épée de du Maine tombait avec un bruit sourd sur le tapis. Perdant l'équilibre, du Maine tomba sur le sol. Auguste l'aida à se relever et lui saisit les poignets pour les attacher devant avant de lui rendre sa canne.

— Trahi ! Trahi par mon propre fils ! éructa du Maine en levant sa canne pour l'abattre sur la tête d'Auguste.

Celui-ci évita la canne et s'en saisit.

— Allons, père, à votre tour d'être raisonnable, dit-il d'un air affligé. Je ne tiens pas à vous traîner jusqu'à Paris comme un bandit, mais il faut vous expliquer avec le Régent. Si vous me promettez de vous tenir tranquille et de vous rendre au Palais-Royal sans faire d'histoires, je vous rends votre canne.

— Tu es en train de commettre la plus grosse erreur de ta vie, avec ta grandeur d'âme et ton honnêteté imbéciles, répliqua du Maine.

De son côté, Emma se planta devant Chartres, les poings sur les hanches.

— Enfant sans défense ? fit elle avec un petit sourire provocateur.

— Oui, bon, peut-être pas si enfant, à la réflexion, bredouilla Chartres embarrassé. Si madame la grande adulte avait l'obligeance de me détacher…

Croyant son père innocent, Auguste ne comprenait pas son attitude. En montant dans leur carrosse, du Maine continuait de vociférer et de leur promettre à tous deux la prison dès qu'ils se présenteraient devant le régent. Les deux mousquetaires enfourchèrent des chevaux pour les escorter.

Emma et Chartres reprirent leur petit équipage. Le gros carrosse des du Maine, qui roulait devant, leur envoyait un peu de la poussière du chemin mais Emma avait tenu à faire le trajet sur le siège du cocher en compagnie de Chartres. Leur aventure les avait rapprochés et ils bavardaient sans plus de cérémonie. Ils se mirent même à se tutoyer sans s'en rendre compte. Chartres ne tarissait pas d'éloges sur le courage, la détermination et l'ingéniosité d'Emma, mais celle-ci ne semblait guère sensible à ces compliments.

— Oh, arrête de dire des bêtises ! l'interrompit-elle exaspérée. J'étais terrifiée. Je me sentais parfaitement ridicule avec ce tisonnier, et du Maine m'a battue, au cas où tu ne l'aurais pas remarqué. Ah ! si seulement on donnait des cours d'escrime aux filles ! Elles ne resteraient pas longtemps des enfants sans défense, je peux te le garantir !

— C'est probablement la raison pour laquelle les hommes les tiennent loin des épées, rit Chartres. Mais je connais des femmes capables de ferrailler. Ma grand-mère, par exemple, dans sa jeunesse, aurait pu en remontrer à M. d'Artagnan lui-même.

— La Palatine ! s'exclama Emma en souriant au souvenir de l'impétueuse mère du Régent. Elle m'a invitée chez elle. Un rendez-vous que j'ai hâte d'honorer.

— Vous vous entendrez comme larrons en foire, devina Chartres. Même insolence, même mépris des conventions, même présence d'esprit.

Emma se rembrunit.

— Si j'avais eu plus de présence d'esprit, j'aurais découvert qui est l'Ombre.

— L'Ombre ? s'étonna Chartres.

Emma lui raconta le rôle joué par ce mystérieux personnage dans son évasion.

— J'ai même cru un moment que c'était toi, termina-t-elle. Quand tu m'as sauvée dans la forêt. Et puis, tu prenais des airs si étranges, passant de la sympathie à la méfiance en une seconde, me cachant ton prénom, ton titre...

— C'est que je croyais, moi, avoir affaire à une tueuse sanguinaire, lui rappela Chartres. Quant à ton Ombre, sans vouloir m'avancer, je crois que je pourrais aisément la sortir de l'ombre, justement.

— Vrai ? s'écria Emma au comble de la curiosité. Qui est-ce, alors ?

— Un peu de patience, je n'accuserai personne sans preuve, répondit Chartres.

Et malgré les supplications d'Emma, il refusa d'en dire plus.

Il était une heure du matin quand ils s'arrêtèrent devant le Palais-Royal.

Malgré l'heure tardive, le Régent les attendait avec dix mousquetaires, en uniforme ceux-là. Ils s'emparèrent des deux du Maine dès qu'ils descendirent de leur carrosse, pour les conduire à la Bastille. Auguste crut que le ciel lui tombait sur la tête, et du Maine lui lança un regard de reproche qui signifiait : « Que t'avais-je dit, pauvre idiot ? »

— Hé, l'Ombre ! appela la voix de Chartres.

Et Auguste tourna la tête vers le petit carrosse. Il eut l'air furieux contre lui-même en croisant le regard d'Emma. Elle avait découvert son secret.

— Auguste du Maine ! C'était donc lui, souffla cette dernière.

— Ne t'ai-je pas dit qu'il avait l'art de se fondre dans l'ombre quand nous nous perdions dans Paris ? lui rappela Chartres. Il s'est servi de nos jeux d'enfants pour composer son mystérieux personnage.

— C'était pour m'arracher à la Bastille, s'écria Emma. Il ignorait tout du vrai complot de son père, et n'oublie pas qu'il m'a également sauvée de lui. J'irai à son procès, je témoignerai en sa faveur, ajouta-t-elle avec conviction.

Chartres regarda Auguste s'éloigner au milieu des mousquetaires. Il eut un léger sourire et conclut :

— Nous serons deux, Emma.

Emma refusa de prendre les affaires que lui avait données du Maine et préféra partir sans attendre. Elle commanda un carrosse aux écuries du palais, qui travaillaient jour et nuit.

— Reste jusqu'à demain, lui proposa Chartres. Tu feras tes adieux à Charlotte.

— Je les lui ai faits hier, et puis ce ne sont pas des adieux, c'est un au revoir, répondit Emma.

Au moment où elle montait en voiture, Chartres lui attrapa la main pour y déposer un baiser.

— Tu sais, cette histoire de grand mariage avec une grande princesse, il ne faut pas y croire, dit-il d'une voix qu'il aurait voulue plus ferme. J'épouserai une femme que j'aime et… et qui m'aime.

Emma ne retira pas sa main.

— Quand je pense que lorsque je croyais que le Régent voulait me forcer à épouser son fils, l'idée me révulsait et que j'aurais préféré fuir aux Amériques…

— Et maintenant ? demanda Chartres le cœur battant.

— Maintenant, je regrette que du Maine m'ait menti… avoua Emma en rougissant.

Elle lui rendit son baiser, sur la joue cette fois, puis s'engouffra dans le carrosse et donna l'ordre de partir.

Tout électrisé, Chartres courut quelque temps derrière l'attelage en secouant son chapeau et en criant :

— À bientôt, chère Emma, reviens vite !

Emma était aussi chagrinée que Chartres de le quitter et de quitter ses nouveaux amis, mais elle avait hâte de retrouver sa vie, son château et ses habitants.

Le sommeil eut bientôt raison d'elle et elle s'endormit sans s'en rendre compte, bercée par le rythme régulier du carrosse.

À l'aube, les premiers rayons du soleil la réveillèrent. Elle se redressa en s'étirant et baissa ses fenêtres pour respirer à pleins poumons l'air frais du matin. Elle reconnut l'odeur des bois et le chant des oiseaux qu'elle connaissait depuis sa plus tendre enfance. Et soudain, au détour d'un chemin, elle vit un vieux château blotti au fond d'une clairière sauvage et fleurie. Oh ! il avait deux cents ans et commençait à tomber en ruine, les toits laissaient passer la pluie, et l'hiver, un vent glacial balayait les couloirs, mais c'était son château. Malgré sa tour gauche étêtée, ses volets cassés et ses murs effrités, jamais il ne lui avait paru si majestueux que dans cette douce lumière. Des larmes de bonheur emplirent ses yeux.

Emma était chez elle.

Achevé d'imprimer en mars 2023
par Rotolito en Italie
N° d'édition : J23143
Dépôt légal : mai 2023

Certifié PEFC
Ce produit est issu de forêts gérées durablement et de sources contrôlées
PEFC
PEFC/18-32-94
www.pefc-france.org